溺愛シンデレラ

極上御曹司に見初められました

ルネッタⓁブックス

CONTENTS

1、シンデレラの夜

「えっ、今から急に、しかもモデルの通訳だなんて、そんなの無理ですよ！」

さして広くないオフィス内に、大きな声が響き渡る。

天野由姫（あまのゆき）、二十六歳。英語通訳や翻訳を請け負う『サテライト・トランスレーション』に大学時代から所属して、はや七年。

今までいろんな通訳を引き受けてきたけれど、芸能人相手だなんて、はじめてのこと。しかも今聞かされて今日の夕方だなんて、いきなりにもほどがある。

——急に呼び出されたから何ごとかと思えば……。

通訳は相手の話をただ伝えればいいというものではない。観光案内であればその場所の下調べをしておくし、商談であれば両方の企業の知識を頭に叩（たた）きこんでから臨む。

つまり最低限の情報をインプットしておくのが通訳の礼儀だと、少なくとも由姫はそう思っている。

だから社長であり恩人である秋月玲子(あきづきれいこ)の命令であっても、簡単に「はい」とうなずくことはできなかった。

けれど玲子は黒いスチールデスクの上で指を組み、そこに顎を乗せたままチラリと見上げてくる。

長年の付き合いだけにわかってしまう。その目が問答無用と告げていた。

「うちは大手でもない、風が吹けば飛ぶような小さな会社。地味〜に実績を積んでいくしかないっていうのは、由姫にもわかるよね？」

「は……はい」

「これから立ち上げる新ブランドとはいえ、ニューヨークからモデルや人気フォトグラファーを伴っての訪日、しかも一ヶ月も高級ホテルに滞在って、そんなの強力なスポンサーがついてるに決まってるわ。しかもあなたを名指しで依頼だなんて、こんなチャンス滅多にないいんだから頑張ってよ！」

これが成功すれば海外セレブからの依頼が増えるはず、会社の命運がかかっている……と言われれば断ることもできない。

いくら姪っ子の友人とはいえ、身寄りも実績もない大学生の由姫を雇ってくれたのだ。玲子には恩があった。

由姫は高校三年生になってすぐのころ、両親を交通事故で亡くしている。

父の姉である伯母に引き取られて面倒を見てもらっていたのだが、わけあって高校卒業後にアパートで一人暮らしをはじめてからは、ほぼ自力で生活費を稼いで生きてきた。

いくらバイトを掛け持ちしても、学業と両立しながら稼げる金額など、たかが知れている。

より時間を有効活用でき、なおかつ割のいい仕事はないかと探しているときに、玲子の姪であり由姫の大学の親友であった友香里（ゆかり）から『サテライト・トランスレーション』を紹介されて今に至っている。

『サテライト・トランスレーション』は東京都渋谷区（とうきょうとしぶやく）のビル二階にある個人会社だ。

企業のオンライン会議や訪日外国人向けの通訳、そして書類やメール内容の翻訳などが主な仕事。

社長である玲子と秘書兼事務の樋口（ひぐち）、あとは由姫を含めた正社員の通訳が三名いるのみの少数精鋭（せいえい）だが、ほかにも大学生や主婦などのバイトが何名か派遣通訳として登録している。

由姫は留学の経験を活かして主に翻訳を請け負っているため、自宅であるアパートで作業をしていることが多い。しかし会社から依頼があれば、病院や企業、観光地などに出向いて通訳もしていた。

それにしても、今回のように華やかな仕事はこの会社はじまって以来ではないだろうか。いや、玲子の鼻息の荒さから見れば、きっとそうに違いない。

「あなたに入っていた仕事は全部ほかにまわしておいたから。一ヶ月間しっかり勤めあげて次の仕事に繋げるのよ！」

――ううっ、絶対に成功させろというプレッシャーがすごいんですけど。

それでもお世話になっている玲子のため、そして自分自身にとってもいい経験になると前向きにとらえ、指定されたホテルのラウンジへと向かったのだった。


今回の依頼は、ニューヨーク在住のアメリカ人企業家が日本で洋服の新ブランドを立ち上げるための訪日で、日本語が不自由なモデルやスタッフに通訳が同行して仕事のサポートをするというものだ。

仕事の間はずっと付きっきりになるので、報酬は破格の値段を提示されているらしい。

秘書経由で依頼があったそうだが、どうして大手ではなく『サテライト・トランスレーション』を選んだのか、そしてなぜ由姫を指名してきたのかは不明である。

――事前情報がないから不安だけれど、引き受けたからには全力で取り組むのみ！

由姫はそんなふうに思いつつ、一流ホテルへと足を踏み入れた。

十一月の末だけあって、ホテル内はすっかりクリスマスの雰囲気だ。天井までの高さのツリーに感嘆しつつロビーを見渡すと、指定された窓際のソファーにそれらしい人物を発見した。

チェスナットブラウンのショートヘアーに白い肌、すらりとした長い手足。

サングラスをかけていても、彼が日本人ではなく、そして整った顔立ちだというのが窺い知れる。何より纏っているオーラが違う。あれは絶対に一般人じゃない。

『ハロー、ミスター・シュナイダー？』

ゆっくりと席に近づき英語で声をかけてみれば、彼は片手でサングラスを取り払い、ニッコリ笑ってこちらを見上げてきた。

「はい、私がハル・シュナイダーです」

──えっ、日本語!?　それに……。

その顔と声に既視感を覚え、一瞬動きが止まる。

ヘーゼルの瞳に真っ白い歯、陽だまりのように柔らかい笑顔。

由姫はこの男性を知っている。彼は……。

「……ハル？」

すると彼は一層表情を明るくして目を細めた。

「由姫、覚えてくれてたんだね。嬉しいよ」

忘れるはずがない。

だってあれは、由姫がしあわせだったころの最後の記憶……人生でただ一度、自分がシンデレラになれた思い出の日。

――彼は私の初恋の人で、初キスの相手だったのだから。

＊＊＊

由姫は高校時代にアメリカに留学していた経験がある。

幼いころから引っこみ思案で人見知りだった由姫は、本を読むのが好きだった。

父親は会計事務所を営む会計士で、母親もそこで事務をしていたため忙しく、一人で時間を潰す手段がテレビか読書だったというのが大きかったと思う。

中学、高校と成長するにつれ海外の本にも興味を持つようになると、今度は英語の原文をそのまま理解したいと考えるようになり。

それが「英語を学びたい」に変わって独学で英語を学びはじめた由姫に、両親が海外留学を勧めてきたのが高一のころ。

見知らぬ場所、しかも海外に行くことに不安を覚えつつも、心のどこかではドラマや小説で見るような外国での暮らしに憧れてもいて。

清水(きよみず)の舞台から飛び降りるつもりでエイッと申し込んだ留学申請が通り、由姫は高二の九月から翌年五月末にかけての九ヶ月間、ニューヨーク州でホームステイしながら地元の公立高校へ通うことになったのだった。

留学先での学校生活には、あまり楽しい思い出がない。

入学直後にお世話係としてついてくれたクラスメイトのアリスは、スクールカーストで言えば〝女王蜂(クイーンビー)〟と呼ばれる階層の、美しく自信満々で気の強い女の子だった。

彼女が先生のいないところで由姫をバカにしていたのも、由姫がクラスで浮いてしまっていたのも、今思えば周囲のせいではなくて、自分自身の問題だったのだろう。

うしろで一つに結んだ長い黒髪と黒縁メガネ、そしてオドオドした態度はどう見ても〝陰キャラ(ナード)〟だったから、アリスが一緒にいるのをイヤがったとしても仕方がないことだ。

とにかく、そんなアリスに入学初日にいきなり

『あなたの英語が下手(へた)すぎて聞き取れないわ』

と言われた由姫は、一瞬にして自信を失ってしまった。

話すことが怖くなり、無口になる。常に猫背でうつむいて、時間があればひたすら本を読ん

で時間を潰す、そんな学校生活だった。

ホームステイ先の家族がいい人たちじゃなければ、とっとと逃げ帰ってしまっていたかもしれない。ううん、笑顔で送り出してくれた両親のことを思うと、それさえする勇気がなかった。

同じ学校に留学してきた日本人は、由姫を含め三人。けれど由姫以外の二人は周囲にうまく溶けこんで楽しくやっているようで。

羨ましく思いつつも、彼女たちのように積極的に振る舞うこともできないまま、もうすぐ留学生活を終えようとしていた五月最初の土曜日、由姫に運命の出会いがおとずれた。


『ねえ、君、どうしたの？』

車がビュンビュン行き交う大通り。

歩道をとぼとぼと歩いていた由姫の目の前で、路肩に黒塗りのリムジンが横づけされた。

静かに窓が開き、中から顔を出したのはチェスナットブラウンのサラサラヘアーにヘーゼルの瞳の美青年。

――わっ、綺麗な人。

思わず立ち止まりジッと魅入っていると、彼は由姫の上から下まで視線を走らせ、英語で『大丈夫？』と聞いてきた。その顔が曇っている。

――ああ……。

それでわかった。彼は由姫の乱れた髪と汚れたドレスを見て、心配してくれているのだ。

『だ、大丈夫です』

そう言って立ち去ろうとする由姫の耳に、今度はカタコトの日本語が飛びこんできた。

「キミ、日本人デスカ？」

「えっ⁉」

「ワタシのお母さん、日本人デス」

フワリと微笑(ほほえ)みながら、彼はハルと名乗った。

そして由姫に合わせてくれたのか、今度はゆっくりとした英語で話しはじめる。

自分は父親がアメリカ人、母親が日本人で、少しなら日本語を話すことができる。そんな格好で歩いているのを放っておけない……と、車に乗るよう促してきた。

『でも……』

いくらなんでも見知らぬ人の車に乗るわけにはいかない。留学前の説明会でも、そのあたりの危機管理は説明を受けていた。

『結構ですから』

と歩きだそうとする由姫に、『レイプされるよ』という物騒なワードが投げつけられる。

『君はもしかして留学生かな。知らないの？　そんな乱れた格好でウロウロしてたら、路地裏に引きずりこまれて犯られるよ』

ここは大通りだからまだしも、一歩裏に入れば人けのない危険な場所だ。プロムに行くのなら送っていく……と言われて足が止まる。

『いえ、私は……』

『俺もプロムに行くところだったんだ。ほら早く、あまり長く車を停めていられない』

みずから車を降りてドアを開けてくれた彼は、たしかにきっちりとしたネイビーブルーのスーツを着ている。

学校で姿を見かけたことはないけれど、先輩なのかもしれない。

それで決心がついた。

『ありがとうございます』

由姫はペコリと頭を下げると、慌てて車に乗りこんだのだった。


——わぁ、すごい！

生まれてはじめてのリムジンは、想像以上にラグジュアリーだ。

縦長の広い車内には、十人は座れそうな皮張りのロングシート。テレビやバーカウンターまでついている。

これは絶対におぼっちゃまだと緊張していると、隣に座ったハルがもう一度由姫の姿をジロジロと観察してきた。

『改めて聞くけど……その格好、何があったの？』

『あの、ジュースをこぼしてしまって』

ドレスのシミを見ながら苦笑すると、ハルが『ジュースをこぼしちゃっただけ？　それにしては、やけに乱れてるね』と胡乱（うろん）な眼差（まなざ）しを向けてくる。

彼の言うとおりだ。クリーム色をしたマキシ丈のドレスについているのは、オレンジジュースのシミだけではない。裾にはくっきりとした靴あとがついているし、サイドアップの髪はうしろで留めたバレッタがズレて乱れている。自分では見えないけれど、もしかしたら顔にも汚れがついているかもしれない。

『今日はこのあたりの高校で一斉にプロムをしているから、君も参加者だよね？　でも、そんな格好じゃ無理だと思う』

『いえ、違うんです。違うっていうか、プロムにはもう行ったんですけど、帰るところというか……』

どう説明したらよいものかとうつむいて口ごもると、横から顔をのぞきこまれた。

『よかったら話してみない？　何か力になれるかもしれない』

『それは……』

見知らぬ人に助けてもらおうとは思わないけれど、車に乗せてもらった以上、ちゃんと説明したほうがいいだろう。

それにこのままホームステイ先に送られるのも困る。

由姫は覚悟を決めると顔を上げ、緑がかった薄茶色の瞳をジッと見つめた。

『私、クラスメイトにからかわれたんです』


元々プロムには参加する気がなかったのにいそいそと顔を出したのは、アリスに誘われたからだった。

彼女は先生がいる前でだけ由姫に優しく話しかけ、それ以外は無視をするという態度を八ヶ月間貫いていたのに、どういうわけか一緒にプロムに参加しようと声をかけてきたのだ。

五月のプロムは、卒業生とその一学年下の生徒だけが参加できる、年度末の一大イベントだ。

大抵はホテルの会場を貸し切って行われ、ディナーの合間にお喋りやダンスを楽しむ。

由姫たち日本から来ている留学生にとってもアメリカ生活最後のメインイベントであり、留学前の説明会では動画を見ながらプロムのマナーをレクチャーされて、胸躍らせていたものだ。

『今までごめんなさいね。あなたが日本に帰る前にプロムで一緒に思い出作りをしたいの』

アリスにそう言われ、どうせ友達もいないしと参加を諦めていた由姫がうなずいたのもわけがない。

日本で母親と選んだドレスが無駄にならなかったと、大喜びで当日を迎えたのだけれど……。

結果から言うと、プロムは最悪だった。

今日はマキシ丈のシンプルなフレアドレスに、ドレスと同じクリーム色のパンプスでプロムにのぞんだ。髪はホストファミリーの夫人がサイドアップにして金細工のバレッタで留めてくれている。

この格好にメガネは似合わないかと思ったが、急なイメチェンで目立ちたくなかったし、夫人が『とてもかわいいわよ』と褒めてくれたので、このままで行くことに決めた。

ホテルの前まで車で送ってくれた夫人に『楽しんでらっしゃい』と笑顔で見送られ、ホテルに入る。

アリスに言われるまま、彼女にお金を渡して事前にチケットを購入してもらっていたのだが、そのチケットを手に会場に入ると、なぜか由姫の席だけが彼女たちのグループから離れていた。

アリスのいる丸テーブルはすでに席が埋まっていて、その顔ぶれを見れば、そこが〝イケてるグループ〟のテーブルなのだと一目でわかる。

彼女たちは前のほうの席から振り返っては、見知らぬ生徒の中でぽつんと一人肩身の狭い思いをしている由姫をクスクスと笑う。

その姿を見て、ようやく自分が騙されたのだと気づいた。

——ひどい！　こんなの無視されていたほうがマシじゃない！

この一週間、アリスはとても優しかった。移動教室のときには一緒に行動してくれたし、ランチタイムは同じテーブルで食べるよう声をかけてくれて。

そんな彼女の行動に感謝し、プロムを楽しみにする由姫を見ているのは、さぞかし愉快だったことだろう。

由姫は膝の上でドレスをギュッと握りしめ、うつむいた。

それでもすぐに帰らなかったのは、由姫がプロムに参加することを喜んでくれた日本の両親やホストファミリーを失望させたくなかったから。

特にホストファミリーの老夫婦は、この一週間、熱心にダンスを教えてくれた。

このますぐに帰ったら、きっとガッカリさせてしまう。

——チケット代だってもったいないし、せめて料理だけでも食べていこう。

そう思っていたのだけれど……。

フルコースの料理が終わってフリータイムになると、生徒たちは席を離れてお喋りしたり、前方のダンスフロアーで踊りだしたりと、各々自由にすごしはじめた。

――あと一時間だけ我慢して、家から迎えに来てもらおう。

スマホを見ながらそんなふうに考えていたとき。

『ハイ、ユキ～、楽しんでる？』

驚いて顔を上げると、アリスとその取り巻きが、由姫の席を挟んで立っていた。

『ごめんね、あなたの席だけ離れちゃって。せめて一緒に踊りましょうよ』

ニヤニヤしながら話しかけられて、怒りが湧いてくる。

それでも何も言えずに固まっていると、グイッと二人がかりで腕を掴まれ立たされた。

『ほら、せっかくだから踊らなきゃ！　あなたのダンスを見せてよ』

絶対にイヤだ。下手くそなダンスを見て笑うつもりに違いない。

必死で足を踏ん張るものの、両側から引っ張られ、ズルズルと前に進んでいく。

『イヤっ、離して！』

もう少しでダンスフロアーというそのとき、力を振り絞って腕を振りほどいたはずみでテーブルにぶつかった。

ガチャンと音をたてながらいくつかのグラスが倒れ、白いテーブルクロスにシミを作る。そのうちの一つは由姫のドレスにオレンジジュースを撒き散らしつつ、床に向かって落ちていった。

床に広がる由姫のドレスの裾を踏みつけながら、そそくさとその場を離れるアリスたち。

気づけば由姫はたった一人で床に手をつき倒れこみ、皆の注目を浴びていた。

同情する視線や蔑みの目。耐えきれなくなった由姫はそのまま会場を飛び出して……今に至る。


『――バカですよね。私みたいに英語もろくに話せないイケてない子が、仲間に入れてもらえるはずなんてないのに』

『どうして自分を貶めるの？』

自嘲する由姫の声は、ハルの言葉に遮られた。

『英語が話せない？　ユキ、君は今、俺と英語で話しているじゃないか。それにイケてるイケてないなんて誰が決めるんだ。自分で自分を悪く言わないで』

そう言ってはくれるけれど、自分の英語が下手くそなことも、地味で垢抜けていないことも、由姫にはわかっているのだ。

同情なんてしないでほしい。余計に惨めになるから。

『ありがとうございます。でも、もういいんです。あと少しだけ時間を潰してから帰りたいので、どこか適当なところで降ろして……』

『ユキ、そんなヤツらに負けちゃダメだ』

『えっ』

ハルは戸惑う由姫の手を握り、『俺に任せて』そうニヤリと口角を上げた。

＊＊＊

『ナツミ、彼女がさっき話したユキ』

「こんにちは、ユキ、私はナツミ。夏生まれだからナツミなの。ハルは春生まれだからハルなのよ、簡単すぎるわよね～」

――えっ、日本語？　しかもお上手！

ハルが車内でどこかに電話をかけていたと思ったら、なぜか連れてこられたのはオシャレなブティック。

そして店内に入ったとたん現れたのは、女優かモデルみたいなグラマラス美女で、しかも日本語をペラペラと話している。

「こっ、こんにちは。日本語がお上手ですね」

「私は小学校卒業まで土曜日の日本語補習校に通ってたの。読み書きは苦手だけれど、会話なら問題ないわ。ハルは週末に学校に行くのをイヤがって、サッカーだフットボールだってスポーツばかりしてたから、日本語がほとんど話せないのよ。せっかく母親が日本人だっていうのにね」

それを聞いてわかった。彼女はハルのお姉さんなんだ。

そういう目で改めて見れば、顔面偏差値の高さだけでなく、髪と目の色まで似ている。

『ナツミ、うるさい。いいから早く一式見繕って。時間がないんだ』

『わかってるわよ。閉店後もここで待っててあげたんだから感謝しなさいよ』

さっきまでのハルは、由姫のためにかなりゆっくり話してくれていたのだろう。二人の英語が速すぎて、ところどころしか聞き取れない。

けれどどうやらここはナツミの店で、ドレスの話をしているらしい……というのはかろうじてわかった。

『それじゃユキ、奥に何着か用意してるから合わせてみましょう』

先に立って歩き出そうとするナツミを、慌てて由姫が呼び止めた。

『あの、私はもう少ししたら帰るので、ドレスはこのままで結構です』

顔を見合わせたナツミとハルに、由姫が事情を説明する。

今さらあの会場に戻っても気まずいだけだし、とてもじゃないが楽しめない。プロム参加を喜んでくれたホストファミリーの手前すぐに帰るわけにはいかないが、しばらく時間を潰してから迎えに来てもらうつもりだ。

『何を言ってるんだ。意地悪なクラスメイトを見返してやらなきゃ』

予期せぬハルの言葉に驚愕する。

『見返すなんて、とんでもない！　私なんかがプロムに行ったのが間違いだったんです。もう本当に……』

『ユキ、それはダメだ』

『えっ？』

ハルが険しい顔を浮かべ、由姫の両肩に手を置いた。

『〝私なんか〟なんて言ったらユキのご両親が悲しむよ。君は自分をバカにするために、はるばるアメリカまでやって来たの？』

成長するために留学してきたのではないのか。プロムを楽しみにしてはいなかったのか。このまま負け犬になって、イヤな思い出を抱えたまま日本に帰るのか。

そう真っすぐに見つめられた。

――そうだった。私は本場の英語を学びたくて、もっと成長したくて留学を決めたんだ。

考えこむ由姫の瞳をハルがのぞきこむ。

『ユキ、君はそんなに自分のことがキライ？』

『キライ、では……』

好きとかキライとかではなく、今はただただ自信がないのだ。

少なくとも日本にいたときは、こうではなかった。大人しくはあったけれどちゃんと友達がいたし、うつむくばかりの毎日ではなかったと思う。

由姫が考えこんでいると、今度はナツミが優しく目を細めて語りかけてきた。

『ユキ、美しさというのは見かけだけのことじゃない。心の在り方が外見にも現れるのよ』

『心の在り方が……外見に？』

ナツミの言葉を引き継ぐように、ハルも大声を出す。

『そうだよ！　君の猫のような切れ長な目はとてもクールだし、小さな口元もチャーミングだ。なのにどうしてそんなに自信なさげな顔をするの？』

『いえっ、そんな、チャーミングだなんて！』

『チャーミングだよ、とても』

そんなやり取りをする二人を見て、ナツミがクスリと笑った。

『あなたはまるで、透明人間になろうとしているみたいね。背中を丸めてうつむいているから、魅力が隠れてしまってるの』

——透明人間になろうとしている……。

まさしく、そのものズバリの言葉を言われてしまった。

いつの間にか、早く日本に帰ることばかりを考えていた。

いかに目立たずいられるか、陰口を叩かれないよう振る舞えるか、それが毎日の目標で。

そんなバカらしいことに神経を使うために留学したんじゃなかったのに……。

『ねえユキ、誰よりも自分自身が好きになってあげないと、他人からなんて愛してもらえないわよ。私は世界中の人が自分をより好きになる手助けをしたくてお店を始めたの。だからあなたが変身するお手伝いをさせてくれない？』

そう言われ、どうしようかとハルを見れば、彼は『大丈夫、俺がついてるから』と微笑んでくれる。それで心が決まった。

『はい……私、変わりたいです』

コクリとうなずく由姫にナツミが笑顔を見せると、ハルをその場に残したまま奥のフィッティングルームに連れこまれた。フィッティングルームというにはかなり広く、テレビドラマでよく見かける、花嫁の控室を豪華にした感じだ。床には深紅のカーペットが敷き詰められている。

ナツミに手渡されたドレスは、オフショルダーのプリンセスライン。胸元に刺繍されたシルバーのシェルビーズや白い花が、ブルーのシフォン生地に映えている。

鏡に映る自分は、まるで本当のお姫様になったみたい。

——だけど……。

『とても素敵ですが、これはダメです。こんなゴージャスなドレスをプロムに着ていったら、目立って仕方ないですから』

プロムにはドレスかスーツ着用なのだが、ここまでボリュームのある本格的なものを着てくる人などいない。悪目立ちしてしまう。

そう首を横に振っていると、ナツミが顎に手を当て首を傾げる。

『う～ん、ハルのハイスクールのプロムでは、これくらいじゃないと逆に目立っちゃうと思う』

『えっ？』

彼は同じ学校の先輩ではなかったのかと目を白黒させていると、ナツミが由姫を椅子に座らせ、うしろからメガネをはずす。

『ユキはメガネがないと、まったく見えないの？』

『いいえ、遠くが見えにくい程度で日常生活には支障ないんですが、レンズ越しのほうが緊張しないというか、落ち着くので』

それに今さらメガネをはずして、周囲の生徒から「頑張ってる」とか「必死」などと思われたくないから……とは言えなかった。

そんな心の内を知ってか知らずか、ナツミは『それじゃメガネは取りましょう』とはずしたメガネをテーブルに置き、ヘアアレンジを施していく。

『人は見かけがすべてではないけれど、まずは第一印象で判断されてしまうものなの。わかるでしょ？』

そう問いかけられて、由姫は鏡に映るナツミに黙ってうなずく。

『中身を知ってもらうには、まず中身を知りたいと興味を持ってもらわなくては始まらないわ。そのために外見を装うのは決して悪いことではない、むしろコミュニケーションの第一歩として必要なことなの』

——コミュニケーションの第一歩……。

何も自分を偽れと言っているのではない。真面目な場では真面目な格好、華やかな場では華やかに。ＴＰＯを踏まえた格好をするのは最低限のマナーなのだ……とナツミは続ける。

『私はハルと同じ高校の卒業生なのよ。そして今日のプロムにはこのドレスが最適だと思うし、このドレスならメガネがないほうが似合うと思う。絶対に悪いようにはしないから、私に任せてもらえない？　ねっ』

鏡の中でウインクするナツミに、もうごちゃごちゃ考えず、すべてを委ねることに決めた。

それから数分後。

ナツミに呼ばれ、扉を開けて入ってきたハルが、立ち止まる。

『ワオ……』

それきり彼は、口を半開きにして黙りこんでしまった。

そんなに変だったのだろうか。ナツミが髪を編みこみして緩いシニョンにまとめ、パールのヘッドドレスを飾ってくれた。そのうえ顔に化粧までされているのだけれど……ハルは気に入らなかったのかもしれない。

『に、似合わないですよね……？』

『アメイジング！』

『えっ？』

ハルがスタスタと足早に近寄ると、そのまま勢いよく由姫を抱きしめた。

『ユキ、とて綺麗だ！　すごいよ、最高！』

——ええっ！

父親以外の男性に抱きしめられるなんて、生まれてはじめてじゃないだろうか。由姫の両親は生粋（きっすい）の日本人なので、気軽にハグする習慣もない。

驚きと緊張のあまり固まっていると、ナツミがハルをベリッと引き剥（は）がす。

『コラっ！　ユキがビックリしてるじゃない！　日本人は恋人や家族以外に簡単に抱きつかないんだからね』

『えっ、ああ、ごめん』

ハルは一歩下がって離れたものの、そのまま由姫のまわりを一周して、『プリンセスだ！』とか『まるで女神だ！』などと、ありとあらゆる賛美の言葉を並べたてる。

いくら褒め上手のアメリカ人とはいえ、これは言いすぎではないだろうか。恥ずかしくて顔が熱い。

『うん、バッチリだな。それじゃ行こうか』

そう言われて「あっ」と気づく。

『ごめんなさい、こんなに素敵なドレス、いくらレンタルとはいえお高いですよね。私はお小遣いをあまり持っていなくて……おいくらになるんでしょうか』

由姫がしょんぼりしながら告げると、ハルが目を見開き、素っ頓狂(すっとんきょう)な声を上げる。

『えっ、レンタル？』

彼の言葉の続きをナツミが引き継いだ。

『私の店はレンタルなんてやってないわよ。全部お買い上げ』

『ええっ！　おっ、お買い上げ!?』

今度は由姫が大声を出す番だった。

購入だなんて、そんなの絶対に無理だ。財布にはいくらかの現金が入っているけれど、とてもじゃないが足りそうにない。ホームステイ先の自室に行けば留学用に作ったクレジットカードがある。それでもやはり支払える額ではないと思う。

一瞬で青ざめた由姫を見て、ナツミがクスリと笑った。

『ハル、ガールフレンドにドレスくらい買ってあげなさいよ。あなた、バイトと投資でかなり稼いでるんでしょ』

『もちろんさ。そのつもりで連れてきたんだし』

『いえ、とんでもないです！　見知らぬ方にそんなことをしていただくわけには……』

顔の前で必死で手を振ると、ナツミとハルから同時に『もう見知ってるでしょ！』とハモられてしまった。

『ドレスはハルから、それ以外の小物は全部私がプレゼントするわ。さあ、背筋を真っすぐに伸ばして胸を張って、笑顔を見せて。そう、完璧だわ。今のあなたは世界一綺麗でしあわせなシンデレラよ。大丈夫、私がかけた魔法は解けたりしない。自信を持って行ってらっしゃい！』

背中をトンと優しく押され、ハルの前へと進み出る。

『ハル、ユキをしっかりエスコートするのよ』

『当然。彼女のナイトに徹するよ……さあプリンセス、参りましょう』

『……はい』

頬を火照らせつつ、彼が差し出した手のひらに自分の右手を乗せる。ギュッと握りしめられて、ますます顔が赤くなる。

『ブンブンうるさい〝女王蜂〟を駆除してらっしゃい！』という声援を背に受けつつ、再びリムジンに乗りこんだ。

由姫がリラックスしてきたせいだろう。先ほどとは打って変わって、車内は明るい雰囲気で満たされている。

『ナツミさん、素敵な方ですね』

『ああ、自由すぎて時々ついていけないけどね』

彼女はまだ二十歳の大学生なのに、自分であのブティックを経営しているという。

将来はさらに事業を拡大し、美人実業家として雑誌の表紙を飾る野望を持っているらしいと、ハルが面白おかしく話してくれた。

そんなふうに会話が弾み、クスクス笑いながら窓の外に目を向けると、一時間ほど前に自分が飛び出したホテルが見えてきた。

ナツミとハルの言葉で勇気づけられたはずなのに、クラスメイトから受けた仕打ちが脳裏に浮かぶと身体がすくみだす。

ドアが開き、先に降りたハルに手を差し出されるが、足が震えて動けない。

——やっぱり無理！

『ユキ、大丈夫だ』

柔らかい声に顔を上げると、目を細めたハルが見つめている。

『プリンセスを守るのはナイトの役目だよ。絶対にユキを守るから……どうか俺を信じて、勇気を出して』

そう言われ、ナツミの言葉を思い出した。

——そうだ、私は変わると決めたんだ。

成長したい。留学生活をイヤな思い出のまま終わらせたくない。

ハルを見上げてうなずくと、その手に自分の右手を載せる。彼がフワリと微笑みながら引き上げてくれた。その力強さに励まされ、顔を上げて背筋を伸ばす。

会場の前まで来ると、中からは人気の女性歌手のバラードが流れていた。

『ユキはダンスは？』

『得意ではないけれど、一応練習してきました』

ハルは？　……とは聞き返さなかった。だって彼の表情は自信に満ち溢れている。

『大丈夫、俺がリードする』

『はい』

ハルが扉を開き、二人で会場に足を踏み入れる。

プロムは盛り上がりを見せており、前方のスペースでは何組かのカップルが身体を寄せあってダンスを踊っていた。

腕を絡めたハルと由姫が中央を真っすぐ前まで歩いていくと、途端にざわめきが起こり、生徒が次々とこちらを振り返る。

『おい、あれってセレニティのハルじゃないか⁉』

『ウソっ、ハルがどうしてここに？』

『本物をはじめて見た！』

驚くことに、ハルはかなりの有名人らしい。

――しかもセレニティって、セレニティ・ハイスクール？

たしか全米最高峰の名門私立で、幼稚園から十二年生までの一貫校だったはず。

間違いない、彼は本物のセレブなのだ。

ホールの中央で向かい合って立ち、ホールドの姿勢をとると、女子からキャーッ！　と悲鳴があがった。今さらながら怖気（おじけ）づく。

――どうしよう。

ワルツのステップは覚えてきたけれど、彼にちゃんとついていけるのだろうか。自分なんかが相手で恥ずかしい思いをさせてしまうかもしれない。

そんなふうに緊張していると、頭上から『ユキ、俺を見て』と優しい声が降ってくる。

『顔を上げて、身体の力を抜いて。ユキはただ俺に身を委ねていればいいんだよ』

ハルの唇が緩やかな弧(こ)を描き、繋いだ指先に口づけられた。心臓がトクンと跳ねる。

『えっ、あっ』

『ハハッ、顔が真っ赤だ。可愛いね。さあ、右足からだ』

不思議なもので、それだけであっという間に緊張がとけてしまった。

ハルの目を見つめてコクリとうなずくと、それを合図に彼の足が動きだす。

――あっ、踊りやすい。

ハルはダンスがうまかった。無理に引っ張るでも力を入れているようでもないのに、とても自然にリードしてくれる。次の動作に軽やかに導かれ、まるで自分までダンスがうまくなったと錯覚しそう。

『ユキ、スピンだ』

背中を支えられながら、脚を絡ませ合って二人でクルクルと回ると、周囲から感嘆の声が漏(も)

れた。

——楽しい！

さっきまでの不安も恐れも消えてなくなり、安心感に包まれている。

見返すだとか、リベンジとか。そんな気持ちは吹き飛んで、純粋にハルとのダンスを楽しむ自分がいた。

『ほら、もう一度』

今度はクルリと一回転。ドレスの裾がフワリと舞って、青い布地が目の端に映る。

——今の私はシンデレラだ。

プロムに来てよかった。勇気を出してよかった。今日、あの場所でハルに出会えて、本当によかった……。

気づけば一曲踊りきっていたようだ。

ハルが動きを止め、周囲を見渡しながら、声を張り上げた。

『パートナーの俺が遅刻したものだから、さっきはユキが寂しくなって外に出ちゃったみたいだね』

そして今度は由姫に視線を戻し、甘い声音で話しかける。

『ユキ、遅くなってごめんね。今夜の君は、いつにも増して素敵だよ』

由姫を蕩けるような眼差しで見つめると、手の甲にチュッと口づける。

周囲から『ほおっ』というため息と、女子の悲鳴が聞こえた。

『さあ行こう、俺の学友に君を見せびらかしたい』

ハルに腰を抱いてエスコートされながら、会場を出る直前に振り返る。そこには目を見開き唇をわななかせているアリスと、羨望と驚きの表情で見送る彼女の取り巻きが見えた。


ホテルを出た途端、二人で顔を見合わせて、ハハッと笑う。

『ユキ、大成功だ！　見たか？　あいつらの驚いた顔！』

『ふふっ、みんなビックリしてた』

もうこれで満足だ。悲しい記憶がハルとのダンスの思い出で塗り替えられた。

『ハル、今日はありがとう。緊張したけれど、とても楽しかった』

するとハルは「えっ？」という顔をしてから、『何を言ってるの、本当に楽しむのはこれからだよ』とウインクしてみせる。

――そういえばナツミさんが、ハルの高校のことを話していたような……。

『本当にセレニティに行くの？』

『もちろん！　言っただろ、俺の学友に君を見せびらかしたいんだ』

さっきの言葉は見せつけるための演技だと思っていたのに。

まだ彼と一緒にいられるのだと、心躍らせている自分がいた。


セレニティ・ハイスクールはアメリカ屈指の名門校だけあって、プロムの規模も規格外だった。

リムジンで向かったのは、先ほどの場所から三ブロック先の超高級ホテル。海外セレブや要人が利用することで有名な、歴史ある建物だ。

プロム会場であるだだっ広い舞踏室（ボールルーム）は吹き抜けになっていて、中央にある幅広の螺旋（らせん）階段をのぼった半二階の部分には、バーカウンターといくつかの丸テーブルが設置されている。

ハルに椅子を引いてもらい席に着くと、そこから手すり越しに下のフロアーが見渡せた。

なるほど、さっきナツミが言っていた意味がよくわかった。そこにいる女子はもれなくアカデミー賞の授賞式かと見間違うようなゴージャスな装いをしている。

たしかにここではちょっと気取った程度のドレスなど、逆に浮いてしまいそう。

同じニューヨークのはずなのに、由姫の高校の生徒よりも大人っぽく見えるのは、ドレスを着なれていて立ち居振る舞いに品があるからだろうか。

そしてやはり、ハルはかなりの人気者らしい。彼が姿を見せた途端あちこちで歓声があがり、テーブルのまわりにわらわらと人が集まってくる。

『ハイ、ハル、遅かったのね。今日は来ないのかと思ったわ』

『おいハル、その見慣れない美少女は誰だよ』

『おっ、今日はニーナと一緒じゃないのか、珍しいな』

ハルは皆の質問攻撃に動じることなく、『彼女は俺のパートナーのユキ、ニーナにはドタキャンされた』と答えた。

——ニーナ……。

そういえばハルは最初、自分もプロムに行くところだと言っていた。彼女にドタキャンされて仕方なくユキを誘ったということなのだろうか。

こんなに素敵な人なのだ、恋人がいて当然だと思う。風船のように膨らんでいた気持ちがシュンと萎(しぼ)んでいく。

——って、プロムに参加できただけで十分なのに、何をガッカリしているの⁉

そんな由姫の気持ちを知ってか知らずか、ハルがこちらに向かって肩をすくめてみせた。

『ニーナは俺の一つ下の幼馴染(おさななじ)み。プロムに連れて行けってうるさいからパートナー役を引き受けたんだけど、直前に階段で足首をひねったらしい』

彼女を迎えに行く途中でその連絡が来て、だったら帰ろうかとUターンして戻る道中で由姫を見つけたということだった。

『ニーナには悪いけど、そのおかげで君とこうして出会えたわけだから、神の思し召しがあったんだね』

そんなふうに言われて胸がときめく。

——イヤだ、人の不幸を喜ぶなんて、いけないことなのに……。

ハルの言葉を「嬉しい」と思ってしまった自分に動揺する。

そのとき音楽が変わり、アニメ映画の舞踏会シーンで有名な曲が流れてきた。

『おっ、シンデレラの曲か……』

ハルが立ち上がり、由姫の目の前に手のひらを差し出す。

『シンデレラ、私と踊っていただけませんか？』

『はい、喜んで、王子様』

自分でも驚くほどスルリとそう答えていた。

これもナツミとハルがかけてくれた魔法のおかげなのかもしれない。

彼に手を握られ、ゆっくりと螺旋階段を下りていく。

やはり皆の注目を浴びているが、今度は前の会場ほど緊張しなかった。だってハルがリードしてくれるとわかっているから。

周囲を見る余裕も出てきた。楽しくて自然に顔が綻ぶ。

ハルの友人が手を振っているのが見えて、ニコリと会釈した。

『ユキ、俺だけを見て』

『えっ』

『ユキのパートナーは俺だよ。俺の目だけをジッと見つめて』

ハルの低い声音にドキリとする。

さっきの会場でも同じようなセリフを言われたけれど、今は少し険しい表情。

キョロキョロしていた自分を恥じる。たしかにダンス中にこれは、マナー違反だ。

『ハル、ごめんなさい。あなただけをちゃんと見てるから』

そう謝ると、なぜかハルの顔がポッと赤くなった。

背中にまわされた腕に力がこめられ、さらに密着した体勢でステップを踏む。

まるで抱きしめられているみたい。

『ユキ、最高だ』

耳元で囁(ささや)かれ、キュッと唇を噛(か)む。嬉しくて、恥ずかしくて、照れ臭くて。

そっと目を伏せてから、もう一度彼を見上げる。

ヘーゼル色の瞳と目が合うと、もうそれ以外に何も見えなくなった。

ソフトドリンクしか飲んでいないのに、心も身体もフワフワしている。まるで酔っているみたい。

――ううん、違う。

もう自分でも気がついていた。

――私はすでに酔っている。ハルに……目の前の王子様に。

おとぎ話のプリンセスは、きっとこんな気持ちだったに違いない。

――このまま時間が止まってしまえばいいのに。

今聞こえているのは自分の心臓の音だけ。そして瞳に映っているのは、ハルの蕩(とろ)けるような甘い笑顔。

トクン、トクン、トクン……。

高鳴る鼓動をＢＧＭに、彼との時間に酔いしれていた。

だからハルが耳元に唇を寄せて、『まだプロム終了まで時間があるけれど……もう抜けよう』と告げたとき、一気に夢から醒(さ)めた。

もう目的は果たしたのだ。ここにいる必要はないということだろう。

――あとはもう、帰るだけ……。

わかっている。彼は可哀想(かわいそう)な留学生を助けただけのこと。由姫のためにこれ以上の時間を割かせるわけにはいかないのだ。

――うん、今日は楽しかったな。留学生活の最後の最後に素敵なギフトをもらえたな。

なのに泣き出したいような気持ちになるのはどうしてだろう。

涙で滲んだ瞳で見上げると、ハルが驚いた顔をして、それから目を細めて優しく頬を撫でてくれた。

『……車に戻ろうか』

アップダウンを繰り返す自分の気持ちを持て余しつつ、黙ってリムジンに乗りこむ。

するとなぜかハルは、運転手に知らない場所の名前を告げた。

『もう少しだけいい？　ユキを連れて行きたい場所があるんだ』

そんなのもう、うなずくしかない。

移動中の車内では二人とも無口だったけれど、ハルはずっと手を握ってくれていた。

心臓のドキドキが指先から伝わってしまうんじゃないかな、汗ばんだ手のひらが恥ずかしいな……なんて考えながら、そっと彼の横顔をのぞき見る。

クルンとした長いまつ毛。光の加減で薄茶にも緑がかっても見えるヘーゼルアイ。

彼のこの顔を記憶に焼きつけておこう。夢のようなこのひとときを、いつでも思い出せるように。

そんなふうに見惚れていたら、車窓に映る彼の瞳と目が合った。

——あっ、気づかれた！

由姫が慌ててうつむき目を逸らすと、ハルはそれには何も言わず、握る手に力をこめる。

——これってどういう意味？　……って、私ばかり意識しすぎだ。

さらに高鳴る胸の鼓動で、車のエンジン音も外の音もかき消されてしまった。


リムジンが向かったのは、お隣のニュージャージー州。閑静な住宅街にある高台で車を降りると、そこは遊歩道の整備された、公園らしき場所だった。

『わあ、すごい！』

目の前の絶景に思わず声が出た。

ハドソン川を挟んだ対岸に見えるのは、見事なパノラマの夜景。川沿いに立ち並ぶ高層ビルが、色とりどりの光を放っている。

この場所からは、マンハッタンを一望できるのだ。

『気に入った？』

『もちろん！　こんなに綺麗な夜景を見たのは生まれてはじめて。ハル、ありがとう！』

『それじゃあ、はい』

ハルが胸ポケットからメガネを取り出すと、由姫の手のひらにポンと載せた。

そういえばナツミのお店ではずしたままだった。

『持ってきてくれたの？』

『うん、これがあるほうが景色がよく見えるだろ』

――だけどドレスに似合わないんじゃ……。

そんな心の内を読むように、ハルが手のひらからメガネを取り上げてはめてくれる。

『もうプロムは終了。ここからはユキと俺の時間だから、オシャレとか気にしなくていい。それにユキには俺の顔をちゃんと見てもらいたいし』

そう言いながら顔をのぞきこまれて、全身が熱を持つ。

困った、メガネがあるとハッキリ見えてしまう。彼はこんなにも眩しすぎる。

正視できずに視線を泳がせていると、彼がフッと微笑んで片手を握ってくる。

『本音を言えば、俺以外は見ないでほしいけど』

『えっ？』

ハルが身体ごとこちらに向き直り、もう片方の手も取った。夜景を横に見ながら両手を繋いで見つめ合う。

どうしよう、心臓が高鳴って仕方がない。

そして続いて彼から告げられた言葉は、まったく予想外のもので。

『ユキ、出会ったばかりでこんなことを言うなんて、信じてもらえないかもしれないけれど……君が好きだ。恋人(ステディ)になって』

――えっ⁉

『ウソっ！』

由姫が思わず漏らした言葉にハルは苦笑しつつ、『そうだよな、驚くよな。俺も驚いてる』と独りごちる。

『それでも俺は、ユキとすごした短い時間ですっかり夢中になってしまったんだ。離れがたいし、また会いたいと思っている』

ユキはどうなの？　……と聞かれるまでもなく、由姫には自分の気持ちがわかりきっていた。

――好き。ハルのことが好き。

すっかり夢中になっているのは自分のほうだ。この短時間でハルに心を奪われてしまった。

彼の魅力は美しい顔だけじゃない。柔らかい声と眼差し、スマートな身のこなし。そして何より、見知らぬ留学生に救いの手を差し伸べてくれるその優しさが、彼を一層輝かせている。

すべてが完璧な彼を、好きにならずにいられるわけがない。

――また会いたい。彼の恋人になりたい。けれど……。

『ハル、私の留学期間は今月で終わりなの。だからあと三週間で帰国で……』

『三週間⁉』

そう。由姫はもうすぐ帰国する。

たとえ付き合ったとしても、すぐに離ればなれになってしまうのだ。

――ハルはモテる。きっと私のことなんてすぐに忘れてしまう。

『日本とアメリカじゃ遠すぎる。私は今日の素敵な思い出で十分』

『ユキっ！』

驚きの表情でうつむいたハルは、次の瞬間には顔を上げ、必死な口調で訴えた。

『だったら、残りの三週間を、俺にちょうだい』

『えっ』

『俺は思い出で終わらせたくない。だからその三週間で愛の言葉をたくさん囁くよ。離れても大丈夫だって思えるくらい俺の気持ちを伝えるから……ユキも俺を好きになって』

『どうして私なんかを……』

何もないただの留学生なのに。もうすぐ離ればなれになってしまうのに。

『私なんかだなんて言わないでよ。俺はユキがいい。ユキだから好きになったんだ』

そう言いながらキツく抱きしめられる。

「ユキ、アイシテイマス」

耳元で囁かれたのは、日本語での愛の告白。胸がどうしようもなく震えだす。

見上げると、彼の潤(うる)んだヘーゼルアイに由姫の泣き顔が映りこんでいる。

頬を伝う涙の雫(しずく)を彼が親指で拭(ぬぐ)ってくれた。

私も愛してる……そう言いたかったのに、それを告げる前に柔らかい唇に塞(ふさ)がれて。

目を閉じる瞬間、ハルの長いまつ毛がバサリと伏せられるのが見えた。


『――それじゃ明日の午後、迎えにくるから』

ホストファミリーの家から少し手前の道路。

リムジンの前で別れを惜しんでいると、ハルに再び抱きしめられた。

人目を気にしてキョロキョロ周囲を見渡したけれど、どうやら通行人はいなさそうだ。

ホストマザーには『友達の車で送ってもらう』とメールしておいたものの、それが男友達となれば話は別だ。

だって時刻は夜中の十二時前。

二次会に繰り出す子もいるくらいだし、プロムの日くらいは遅くなっても許してもらえるだろうけど、男の子に送ってもらったなんてバレたらいろいろ追求されるに違いない。

だからリムジンは、あえて家から離れたところで停めてもらった。

『そろそろ行かなきゃ』

彼の胸をそっと押して離れると、ハルの瞳が切なげに細められる。

『ユキは本当にシンデレラみたいだね』

『あっ、ドレスの代金、少しずつでも払うから』

『ふはっ、本当にいいのに。だったらデートのたびにキスさせて』

『もっ、もう！　からかわないで』

『からかってないよ……明日もまた、ユキとキスしたい』

ハルの声が甘ったるくなってきた。怪しい雰囲気になったところで由姫が一歩下がる。

運転手さんの前で恥ずかしい。それにあまりゆっくりしていると近所の人が出てきてしまうかもしれないし。

『……それじゃ、本当に行くね』

『うん、家に入るまで見てるから』

『ありがとう、それじゃ、おやすみなさい』

『うん、おやすみ。また明日』

お互いに手を振ってから家に入った。

シャワーを浴びながら、由姫は今日起こった出来事を振り返る。

「夢じゃないのかな」

けれど唇に残る柔らかい感触が、あれが現実だったのだと教えてくれる。

——さっきだって……。

家に入る前、途中で何度振り返っても、ハルは手を振ってくれていた。由姫も胸の前で小さく手を振り返すと、彼は最後に大きく手を上げて、『See you tomorrow』と口を動かした。

「またね……って言ってた」

明日もまた会えるのだ。今日は突然すぎてちゃんと言えなかったけれど、明日には素直に自分の気持ちを伝えたいと思う。

「私はハルが好き」

口に出してみたら、甘酸っぱい想いが胸いっぱいに広がった。

「好き、大好き」

言葉を重ねるたびに、その想いが確信に変わる。

——明日会ったら、ハルの恋人(ステディ)にしてほしいって、そう言おう……。

彼に言われた『See you tomorrow』を心の中で噛み締める。

けれどその〝また〟が二人におとずれることはなかった。

シャワールームから出てきた由姫を待っていたのは、日本にいる両親が事故で亡くなったという知らせだった。

＊＊＊

——なのに、今私の目の前にいるのは紛れもなく本物のハルで……。

白いVネックカットソーに、少し光沢がある細身のテーラードジャケット、そしてジャケットの色と合わせた黒いスリムパンツ。シンプルなのに、嫌味なくらい華がある。

あのときも十分美しかったけれど、より背が高くなり大人の色気を振りまいている彼は、さらに魅力を増している……と思う。

それでもその瞳の色や柔らかい笑顔は、記憶にある彼そのままで。

突然のことすぎて立ち尽くしていると、ハルが立ち上がり、向かい側の席に座るようすすめてきた。

どうしたものかと躊躇したものの、「注目を浴びてるよ」と流暢な日本語で言われ、慌てて革張りのソファーに腰を下ろす。

「……どうして？」

「どうして……って、秘書から正式に依頼してあるはずだけど」

「そうじゃなくて、日本語ペラペラ！」

「ああ、必死に勉強したからね」

「どうして？」

「ふはっ、さっきから由姫は『どうして』ばかりだ」

「だって、どうしてハルが……あっ！」

慌てて両手で口を覆うと、ハルがソファーの背もたれに頭をあずけて大笑いした。

だって仕方がないじゃない、どうしてこんなことになっているのか、今の状況が理解できていないのだから。

ハルはひとしきり笑ってから目の前のテーブルで指を組み、由姫をジッと見据える。

「どうして俺がここにいるか？　もちろん仕事だよ」

「でも、私は『Dear my』っていう新ブランドのモデルさんの通訳だって聞いて……」

「俺がそのモデル。一ケ月間、よろしくね」

ハルが差し出した右手を見つめ、それから彼の顔を見る。

「あなたは今、モデルをしているの？」

「そう」

たしかに彼の美貌なら、モデルというのもうなずける。

今も周囲の注目を一身に浴びているし、あの日のプロムだって……。

——って、いやいや、今は仕事中だから！

コホンと咳払いをしてから、改めてハルに向き直る。

「えっと、社長さんか秘書さんは？　契約書と同意書にサインをいただきたいのだけれど」

するとハルは胸ポケットから高級ブランドのボールペンを取り出しテーブルの上で構えた。

「書類を見せて。サインするから」

「えっ、どうし……」

「ハハッ、そりゃあ俺が今回の依頼主である社長で、『Dear my』のモデルのハルだから」

——ええっ!?

驚きのあまり固まっている由姫の手から契約書を奪うと、ハルは一通り目を通してサラサラとサインする。

それを笑顔で由姫に差し出した。

「はい、これで契約成立だ」

「だけど、ハ……ミスター・シュナイダー、あなたはこんなに上手に日本語を話してる。通訳なんて必要ないんじゃ……」

「必要か必要じゃないかは依頼主である俺が決めることだよ。俺は君の会社に通訳を依頼して、こうして正式に契約書も交わした。何も問題ないだろ？　それに……」

　ハルは背筋を伸ばし姿勢を正すと、真剣な表情になる。

「俺には君が必要だ。どうか一緒にいてほしい」

　薄茶色の瞳でジッと見つめられ、由姫の心臓がトクンと跳ねた。

　――だってこんなセリフ、まるでプロポーズ……。

　仕事の契約なのに、こんなふうにいちいち意識している自分が情けない。

　そんな由姫の心境を知ってか知らずか、ハルは再び右手を差し出し微笑んだ。

「今日からよろしくね、由姫」

2、鎌倉デート

翌朝、由姫(ゆき)はハルとの仕事のため、待ち合わせの駅に向かって歩いていた。

集合場所に由姫のアパートの最寄り駅を指定したのはハルだ。

別に現地集合でも構わないのに、「いや、待ち合わせて一緒に行く」と彼が言い張った。

今日は撮影のためのロケハンらしいから、たぶんスタッフと皆でバンに乗りこむか、電車移動をするのだろう。

——それにしても、昨日は驚いたな。

二度と会えないと思っていた王子様が、あのころと変わらぬ笑顔で、いや、魅力倍増で現れたのだ。意識するなと言うほうが無理だと思う。

対する自分はハルの目にどう映ったのだろう。

今では化粧を覚えたし、メガネもコンタクトに変えている。髪はほかの人みたいに染めていないけれど、艶(つや)のある黒髪が綺麗(きれい)だと通訳相手に褒(ほ)められることが多い。

——相変わらずの痩せっぽちだけど、胸は一応Dカップあるし……。

「なんて、そんなの仕事に関係ない！」

首をブンブン横に振って自分をいさめた。

これは会社の命運をかけた大仕事。失敗するわけにはいかないのだ。

それにハルには成長したところを見てほしいし、仕事ぶりを認めてほしい。あの日、ハルとナツミのおかげで変われたのだと、自信を持って伝えたいから。

そう思いつつ、今日だけいつものポニーテールにひと手間加えて毛先をクルンと巻いてきたのも、パンツスーツではなくタイトスカートを穿いてきたのも、少しでも綺麗になったと思ってもらいたいからで……。

「ときめくだけなら、構わないよね」

今の自分には、もう誰かを想う資格なんてないけれど……胸の奥でそっと再会を喜ぶことくらいは許されるだろう。

苦笑しながら両手で頬をパンと叩いて気合を入れると、由姫は歩くスピードを速めるのだった。

由姫が駅前に到着すると、ガードレールのあたりに人だかりができているのに気がついた。

誰かを取り囲んでキャーキャー騒いでいるようだ。スマホをかざしているので芸能人でもいるのかもしれない。

――何かの撮影？　モデルさん？

けれど自分には関係のないことだと考え、すぐに視線を動かす。

ハルとの約束は午前八時。今は十五分前だから、彼はまだ到着していないかもしれない……と腕時計を見ながら考えていると、「由姫！」と声をかけられ顔を上げる。

声が聞こえたのは、さっきの人だかりのあたりだ。

――んっ？

凝視して、由姫はそのまま固まる。

そこにいるのは流線型のスポーツカーにもたれかかっている見目麗しい男性。

白シャツにワインレッドのセーター、黒のテーパードパンツ。上に羽織った黒い細身のチェスターコートが大人の雰囲気を醸し出している。

彼はたしかにモデルだが、ロケ中でも写真撮影でもなく……由姫を待っているハルだった。

まるで漫画の背景みたいに、彼の周囲だけがキラキラと輝いて見える。

もしかしたらどこかでフォトグラファーがカメラを構えているのかもと周囲を見渡してみるものの、それらしい人物は見あたらない。

やはり彼は由姫を待っているのだ。

——うそっ、あそこに行かなきゃいけないの⁉

女性たちに囲まれたハルのそばに行くのは相当に勇気がいりそうだ。

どうしようかと迷っていると、当のハルは由姫と目が合った途端に身体を起こし、人垣を割って歩いて来る。

「由姫、おはよう。会いたかった！」

「えっ、ちょっと！」

突然ハグされ硬直する。公衆の面前でアメリカンスタイルの挨拶(あいさつ)はやめていただきたい。

慌ててハルの胸を押し返すと、彼は「ごめん」と言いつつニコニコしている。これは絶対に反省していない。そしてそのままナチュラルに由姫のバッグを持ち、手を引いて車に戻っていく。

——って、車⁉

ハルは当然のように助手席のドアを開け、「どうぞ」と由姫に微笑んでみせる。

「車移動なんですか？」

「ん～、だって電車だと、二人きりになれないでしょ」

「えっ、今日は二人きり……ですか？」

「うん、そう。ほら、早く乗って。みんなが見てる」

たしかにギャラリーの視線が痛い。聞きたいことはあるものの、まずは車に乗りこんだ。

窓の外から恨めしそうな視線が突き刺さる。

「彼女たちは？」

「知らない。いつの間にか囲まれてた」

「すごい！　有名人！」

「まさか、そこまでの知名度はないよ」

ハルはモデルといってもお小遣い稼ぎ程度で、本格的に活動していたわけではないのだという。

「父親もアパレル事業をしていて、そこのキッズモデルをさせられたのが始まりなんだ」

物心つく前から父親の会社のモデルをさせられており、その流れであちこちから声がかかるようになったらしい。

気が向いたときだけエージェントからの依頼を受けていたのだが、大学入学後は忙しくなりモデルを休業。しかし友人たちとアパレルブランドを立ち上げたときにそのモデルをしたのをきっかけに、以降は自社商品限定でモデル活動をしているそうだ。

「活動はアメリカ限定だったし、日本人は俺のことなんて知らないよ」

それでもああやって囲まれてしまうあたり、やはり彼にはカリスマ性があるのだろう。

――そうだ、ハルはあのときだって人気者だった。

プロムの夜、彼は二つの会場どちらでも注目の的で、女子の熱い視線を集めていた。

それでもまったく動じていなかったのは、それが日常茶飯事だったからなのだろう。さっきのように。

ハルが車のエンジンをかけたので、由姫は慌ててシートベルトを締める。

彼が乗ってきたのはシルバーのクーペ。車種にあまり詳しくない由姫でも知っている、青と白のエンブレムで有名なドイツ車だった。

「すごい車ですね」

由姫がバタフライウイングの車に乗るのははじめてだ。高級感溢れる内装に緊張していると、ハルがカーナビのセッティングをしながら、「こっちに住んでるニックって親友がいてさ。そいつに車が必要だって言ったら、これを貸してくれたんだ。日本滞在中は自由に使っていいって」と軽い口調で言うものだから驚いた。

なんでもそのニックは、世界十数カ国で会員制ディスカウントストアを展開している会社の御曹司(おんぞうし)で、今はその会社の日本法人代表を務めているらしい。

「こんな高級車を自由にって、大丈夫なんですか？」

「彼は三台持ってるから大丈夫だよ。それにあいつが持ってるなかで左ハンドルはこれしかなかったんだ。俺は右ハンドルに慣れてないし」

サラリと言われて、もう言葉が出ない。

——ハルは正真正銘のセレブなんだわ。

昨日契約書を交わすときに教えてもらったのだが、ハルは父親の影響でアパレル業界に興味を持ち、投資で得た資金を元に、大学時代にファッションブランド『My dear』を立ち上げた。

つまり二十八歳にして会社社長なのだ。

オンラインショップからはじめた事業は軌道に乗り、その後ニューヨークに店舗を持つに至ったのだという。

そして今回の日本進出にあたって社長のハルみずからが責任者となり、日本向けブランド『Dear my』の下準備のために動いているというわけだ。

そんな昨日の会話を思い出しつつ運転中のハルを見やると、彼はなんだか嬉(うれ)しそうに鼻歌を歌っている。

「楽しそうですね」

「うん、とても楽しいよ。ねえ、それよりも敬語をやめない？」

「でも、お仕事ですので」

途端にハルが眉根を寄せる。

「クライアントの俺がそうしてって頼んでも？　これからず～っと行動を共にするんだ。もう少しフランクな関係なほうがお互い疲れないと思うんだけど。あと、俺のことはハルって呼んで」

あの日みたいにさ……と、フワリと微笑まれてしまえば、もう何も言い返せない。

――その笑顔は反則でしょ！

赤くなった頬を隠すように顔を伏せ、ようやく声を振り絞る。

「いっ、いいですよ。わかりました」

「あっ、いきなり敬語だ。今度言ったらペナルティね」

「えっ、ペナルティって、何ですか？　……あっ！」

ハルはハハッと大笑いしてから、意地悪く目を細め、由姫を見た。

「そうだな……まずは、ハルって呼んでくれる？」

少し甘さを含んだ、柔らかい口調。まるで時間が巻き戻ったかのように、あの日のトキメキが蘇る。

「ハル……」

考える間もなく、自然に名前を呼んでいた。

その途端、「うっわ～、嬉しい！　照れる！」とハルが叫ぶ。

見ると彼は口元をニマニマさせて、満面の笑みを浮かべている。

「感動！　もう一度呼んでみて」

「ええっ、改めては無理ですよ、恥ずかしい」

「あっ、また敬語！　はい、もう一度ハルって言って」

そんなふうに何度もハルと呼ばされて、すっかり名前呼びが定着してしまった。

そして由姫が照れるたびに、「ふはっ、可愛い」を連呼されるものだから、自分が本当に可愛い女の子になったみたいに錯覚しそうになるのだ。

――仕事だってことを忘れちゃいそう。

慌ててフルフルと首を振り、どうにか気持ちを落ち着かせる。

「ところで、今日の仕事はどこで？」

ほかのスタッフがいる場所を尋ねると、ハルは意味ありげにニヤリと口角を上げた。

「う～ん、どうしようかな。由姫はどこに行きたい？」

「えっ⁉」

「ハハッ、ウソだよ。ちゃんと行き先は考えてある」

――考えてあるって……私、からかわれてる？

由姫の戸惑いを尻目に、ハルは終始上機嫌で運転を続けた。

敬語をやめたこともあり、徐々に緊張がとけて会話が弾みだす。

――またこんなふうにハルと話せる日が来るなんて。

いや、あのときだってはじめての体験にドキドキするばかりで、今みたいに話す余裕なんてなかった。それだけお互い大人になった、月日が経ったということなのだろう。

そんなふうに会えなかった九年間に思いを馳せていると……。

「由姫、楽しんでる？」

ハルに突然尋ねられ、ハッと我にかえる。

「えっ、楽しいって……これは仕事ですし」

表情を引き締めて答えると、ハルは少し寂しげに目を伏せた。

「仕事……か。けれど俺は楽しいよ。とても楽しい。由姫もそうだと嬉しいんだけど」

「わ、私も……楽しい、ですよ」

「そうか、よかった」

フワリと微笑まれて心臓が跳ねた。破壊力がすごすぎるので、安易に微笑まないでほしい。

あの日に気持ちが引き戻されてしまうから。

それから一時間ほど車は走り続け、着いた先はなんと……。

「鎌倉(かまくら)!?」

駅近くの駐車場に車を停めると、ハルは助手席のドアを開けて右手を差し出す。

「シンデレラ、どうぞ」

一瞬躊躇してからその手を握ると、力強く引っ張り上げられ、腰に手を添えてエスコートされた。

「鎌倉で仕事だなんて驚いた。皆さんはどちらに？　日本の方？」

「いや、由姫と俺だけ」

「えっ、どういうこと？」

「和のイメージを掴んでおきたくて」

ハルは今回のブランドについて迷っていることがあるらしく、日本を感じられる場所でアイデアを練りたいのだと言う。

「俺は運転中とか街をぶらついているときにアイデアが浮かびやすいんだ。だから今日は付き合ってよ」

だからって、いきなり鎌倉に来てしまうのは突拍子もなさすぎだと思う。

昨日から驚くことばかりだと苦笑しつつ、改めて本日の予定を確認する。

なんとハルは、自分で連れてきておきながら鎌倉についてなんの予備知識もなく、今日の行動もノープランなのだと言う。

「『日帰りデートコース』で検索したら、鎌倉が出てきたから。あとは由姫に任せておけば大丈夫だと思って」

「ええっ⁉」

たしかに鎌倉なら何度も来たことがある。外国人観光客を案内したことがあるし、ガイドブックに載っている程度の知識なら頭に入っていた。

「由姫おすすめのデートスポットを案内してよ」

――デートって……！

意味深な単語にドキドキする心臓を必死になだめる。ダメだ、さっきから意識しすぎ。

ハルの言葉で美味しいスイーツの食べ歩きや江ノ電からキラキラした海を眺める二人の図が浮かんだけれど……それでは本当のデートになってしまう。

由姫は脳裏から青い海の景色を追い出しつつ、寺院巡りを提案した。

『和』のイメージを掴みたいのなら、やはり歴史を感じる場所がいいだろうと考えたのだ。

「いいね、案内してよ、『和』の景色」

笑顔でそう言うハルにうなずき、色づく紅葉を見ながら定番のコースを歩くことにする。

まずはお約束の『高徳院』で、国宝の大仏の胎内巡りから。

「あっ！」

内部には照明がないため薄暗く、手すりに掴まりながら狭い階段をゆっくり上っていく。

途中で足を踏みはずしそうになったところでハルに腰を抱き寄せて支えられた。

「由姫は危なっかしくて放っておけないな。昔も今も」

クスッと笑って手を繋がれて、それはすぐに指を絡めた恋人繋ぎになる。

――暗いし危ないし……このままでも、いいよね。

そんなふうに自分に言い訳をして、そのまま彼に右手をあずける。

絡んだ指先から全身に熱が伝わっていく。耳まで赤いことに気づかれはしないだろうか。

――ここが暗くてよかった。

そう感謝しつつ、ハルと手を繋いだまま歩いた。

次に向かった七福神のえびす様で有名な『本覚寺(ほんがくじ)』では、人気のお守りをハルがとても気に入り、由姫とお揃いで買うと言い張った。

うしろにそれぞれ『福、愛、健、財、学』の文字が描かれた五種類のお守り。飴玉ほどのそれを毎日握るとご利益があるのだと言われている。

ハルは迷わず『愛』のお守りを選んだ。

「由姫はどれにするの？」

隣から興味津々で見つめられると気恥ずかしい。

由姫が少し考えてから『健』を手に取ると、ハルは「えっ、色気がない」と、声を上げる。

「だって健康は大事でしょ」

「せっかくだから『愛』にしようよ」

ハルが『愛』のお守りをもう一つ取り、勝手に二つ分の支払いを済ませてしまった。

それを、「はい、由姫の分」と言って手のひらにポトリと落とされる。

「ええっ！　選択の自由！」

「ハハッ、いいじゃない、お揃いだよ」

天使の笑顔でそう言われ、由姫は呆(あき)れつつも『愛』のお守りを見つめる。

両手でぎゅうっと握りしめると、胸の奥がなんだかこそばゆい気がした。

それから小町通りをぶらついて、団子や抹茶のソフトクリームを堪能する。

イートインの店から出たところで、アメリカ人らしい二人組の青年から英語で話しかけられた。由姫がハルと一緒だったため、英語を話せると判断してのことらしい。彼らはイラストで描かれた地図を差し出しながら、和雑貨の店を探していると言う。

『ああ、この地図には飲食店だけしか載ってないですね。そのお店ならそこの角を右に曲がって……』

由姫が道を指さしつつ英語で場所を説明すると、彼らは『サンキュー』と握手して去っていった。

「知っているお店でよかった。以前イギリス人のご夫婦を観光案内したことがあって……ハル？」

隣のハルを見上げると、なぜか彼は驚いた表情でこちらを見つめている。

「ハル？」

「由姫は……変わったね」

「変わった？」

それがいい意味なのか悪い意味なのかわからず困惑していると、ハルがフワリと微笑んだ。

「うん、まず、英語がうまくなった。綺麗な発音で聞き取りやすい。次に、堂々としている。うつむいていないし、背中も丸めていない。まるで別人みたいだ。それに……」

「それに？」

「モテてる」

「えっ？」

ハルは今度は唇を尖(とが)らせ、身体ごとこちらを向く。そして由姫の両手を握った。

「由姫がこんなにモテるだなんて、聞いてない」

――ええっ！

「私、モテないよ？」

「たった今、モテてた。俺の目の前で」

道を聞かれただけだし、まったくモテてもいないのに！

なのにハルは、繋いだ手をブラブラ揺らしながら一気に捲し立てる。

「あいつら絶対に由姫と話したかったんだよ。第一さ、由姫は綺麗になりすぎだし、愛想もよすぎ。道を教えるだけなのに、あんなにニコニコする必要も身体を近づける必要もないよね？それに最後のアレはなに？　あいつらなんで勝手に手を握ってるの？」

「えっ、ちょっ、何言ってるの⁉」

これはどう考えても言いがかりだ。

道を聞かれたら教えるのは普通のことだし、それを怒った顔でする人なんていない。しかも手を握るって……あれはただの握手だし、握手は手を握るものではないだろうか。

だからハルにそう言ったら、彼は顔を真っ赤にしてうつむいた。

「ごめん、これは……ただのジェラシーだ」

「ジェラシー？　そんな、嫉妬だなんて」

「由姫が綺麗なのは嬉しいけれど、ほかの男には見せたくないんだよ」

「そんな……」

恋人みたいなセリフをサラリと言われ、ときめいている自分がいる。

「カッコ悪いから、今のは忘れて」

指先で自分の鼻の頭を掻きながら、ハルがチロリと上目遣いをした。

「ふふっ、こんなの忘れられない」

「いいから忘れて。カッコいいとこだけ覚えてて」

そして由姫の手を引いてスタスタ歩きだす。

「ハル、どこに行くの？　道も知らないのに」

彼はピタッと立ち止まり、「俺、カッコわる……」と両手で顔を覆う。

手のひらで隠しきれなかった耳まで赤い。それを見て可愛いと思ってしまったことは、言わないでおく。

——まるで恋人同士のデートみたい。

そんなふうに考えた自分に苦笑する。これは仕事なのに、ハルは依頼人なのに。

きっと自分の顔も、ハルに負けず劣らず真っ赤になっていることだろう。

そこからは妙にフワフワした気持ちで案内を続けた。


最後におとずれたのは『報国寺』の竹林。茶席の長椅子に並んで座り、抹茶をいただいてから孟宗竹の林を静かに眺める。

冬のキンと冷えた空気の中で、緑の葉がサワサワと揺れ、竹の間を風が吹き抜ける音が聞こえた。

「美しい景色だね」

「ええ」

「一緒にここに来られてよかった。ありがとう、由姫」

そのとき、椅子に置いていた由姫の右手に、ハルの左手がコツンと当たった。ハッとして右手を見たが、ハルのほうは黙って前を向いたままだ。

――私ったら、たかが指が当たったくらいで意識しすぎ。

それでも、触れ合う小指がやけに熱い。

ここから彼に緊張が伝わってしまわないだろうか……そんなことを考えながら竹を見上げていると、ハルの手が動き、由姫の右手に重なった。そのまま強く握られる。

――偶然じゃない！

思わずハルを見れば、彼もこちらを見つめていた。その瞳がやけに真剣だ。

「ねえ、あの日のことだけど……」

そう言われ、由姫はビクリと肩を跳ねさせた。

――あの日のこと……。

それだけでわかる。ハルは九年前のニューヨークでのことを言っているのだ。

「どうして急にいなくなったのか、教えてもらっても、いい？」

聞かれたくはない。けれど、聞かれれば避けられないだろうと覚悟もしていた。

「……両親がね、交通事故に遭ったの」

プロムから帰ったあの日、由姫を襲ったのは両親の不慮の死だった。

ハルとの出会いのトキメキをそのままに、シャワーを浴びて出てくると、血相を変えたホストファミリーの夫人がその事実を伝えてきたのだ。

『ユキ、落ち着いて聞いてちょうだい。たった今、日本から電話があって、あなたのご両親が交通事故に遭われたって……』

そこから先のことは、正直あまり覚えていない。気づけば震えながら飛行機に乗っていた。

日本に着いてからは葬儀だ相続だと手続きに追われ、悲しみに浸る間もなく。

嵐のような日々がすぎたとき、由姫の手元に残っていたのは、両親の遺影と、遺産の振りこまれた貯金通帳。

「――私を引き取ってくれたのは、父方の伯母だった。伯母は亡くなった祖父母が経営していた美容院を引き継いでいたから、私はお店を手伝いながら高校を卒業させてもらって……」

由姫がそこで言葉を切ると、ハルは横から黙って由姫を抱き寄せた。

鼻先をくすぐるホワイトムスクの香り。あの日にはなかった甘い匂いが、彼が大人になったのだと教えている。

「ごめん、つらいことを思い出させた」

「ううん、謝るのは私のほう。約束していたのに黙って帰国したんだから」

「それじゃあ由姫は、俺から逃げたわけじゃなかったの？　キスがイヤだったわけじゃ……」

「イヤだったなんて！」

勢いよく顔を上げると、思いのほか近くに彼の顔がある。

懐かしいヘーゼルの瞳。あの夜も自分はこの瞳に見つめられ、恋をした。

——だけど、今はもう……。

由姫は目を伏せると、ハルの胸を押し、そっと離れた。

「あの日、何も言わずに帰国したことを申し訳なく思っていたの。ちゃんと謝る機会をもらえてよかった。ハル、素敵(すてき)な思い出をありがとう。そして、約束を破ってごめんなさい」

「ねえ、由姫にとってあの日のことは、もうただの思い出なの？」

目の前で彼の瞳が揺れている。そこには今も特別な感情があるのでは……なんて考えるのは、滑稽(こっけい)だろうか。

けれど自分にはいろいろありすぎた。期待をするだけ無駄だと思う。

由姫はふるりと首を横に振り、仕事の顔で微笑んだ。

「留学生活最後の、楽しい思い出だった。さあ寺院巡りはこれで終了。食事の希望はある？」

立ち上がろうとしたところで、ハルに手首を掴まれる。

「……ハル？」

ハルが静かに口を開く。

「由姫には今、恋人は？」

「そんなのいない」

バッと横を見れば、熱のこもった瞳があった。

「よかった……」

ハルが腰をずらし、こちらを向く。絡んだ指を持ち上げて、両手で包みこむ。ジッと見つめられると胸が締めつけられた。

「由姫、君が好きだ。俺のステディになって」

「えっ」

あの日と同じ真剣な表情、同じ言葉。心臓の高鳴りまであの日と同じで。

——けれど……。

「ごめんなさい。私には無理」

由姫のそっけない返事に、ハルが目を見開く。

「どうして？　俺のことがキライ？」

「好きもキライも……私たち、昨日会ったばかりよ」

「違う、九年前に出会っている。あのとき両想いになれたと思っているのは、俺だけなの？」

「私は……」

彼に心の奥までのぞきこまれるようで、思わず視線を逸らして逃げる。

「とにかく、ダメだから」

ハルが肩を落としてため息をつく。そして小さく呟いた。

「そうか……」

唇を噛み、それきり彼は、黙りこんだ。

それから気まずいままレストランで食事を済ませ、帰路につく。

行きと違って帰りの車内は静かだった。

当たり障りのない会話を交わすものの、それも途絶えがちだ。

あたりはもう暗い。ハルがアパートの前まで送っていくと言い張ったのだが、それを由姫がかたくなに拒んだ。

駅近くの停車場に車を停めると、ハルがシートベルトをはずして由姫に向き合う。

一つ大きく深呼吸してから口を開いた。

「由姫、俺にチャンスをくれないか？」

「えっ？」

「日本にいる一ヶ月間で、もっとちゃんと俺の気持ちを伝えたい。あの日……プロムの後でできなかった三週間を、やり直させてほしいんだ」

握る手に力をこめられて、由姫は黙りこむ。

うつむいていると、子供に言い聞かせるように優しい声が降ってきた。

「ねえ由姫、俺は由姫に会うために日本に来たんだよ」

――えっ？

「ハル、それって、どういう……」

大きく見開かれた由姫の目を、至近距離からハルの瞳がとらえる。

「通訳に由姫が指名されたのが、たまたまだと思う？」

――たしかに、どうして私が？　とは思ったけれど……。

「由姫、俺はね、由姫が日本で通訳をしていると知って、君に会いたくて海を越えてきたんだ」

「嘘(うそ)っ！」

「嘘なものか。現に今俺は、君の目の前にいる」

「でも、そんなこと……」

そう言いつつも、由姫にはわかっていた。ハルは嘘などついていない。だって彼の瞳はこんなに真剣だ。

「由姫には今、恋人はいない。俺のことをキライなわけでもない。だったらあとは、俺を好きにさせるだけだ。そのために頑張ることは、自由だろ？」

チャンスがほしいともう一度言われ、思わず由姫はうなずいていた。

「やった！　俺、頑張るから」

「えっ、あっ！　……ちょっと待って」

「待たない。もうやり直し期間はスタートしたからね。全力で口説くよ」

そう笑顔で手を振るハルに見送られて、由姫は車を後にしたのだった。


「どうしよう」

由姫は歩きながら考える。

――ハルの言葉は嬉しい。だけど……。

目の前にあるアパートは、築三十年の古びた木造二階建て。

家賃の安さと最寄り駅まで徒歩八分という利便性だけを条件に選んだ部屋は、北東向きで日当たりの悪い、ユニットバスの１Ｋだ。

とてもじゃないが、ハルに見せられるような部屋じゃない。

――断るべきだったのに。

それでも、海を越えて会いに来たという彼に、その情熱的なセリフに、心が動いてしまったのだ。

わかっている。ハルと自分ではどう考えたって不釣り合いだ。お互い住む世界が違う。

――それに私は……。

由姫がうなだれながら二階への外階段を上がっていくと、自分の部屋の前に男がしゃがみこんでいるのが見えた。

「……沖上さん？」

彼は由姫の声に顔を上げると、ニヤリと笑みを浮かべながら立ち上がる。

沖上哲也は伯母の同居人だ。同居人といっても家賃を払っているわけではなく、伯母の千代子のお金で遊び歩いているだけ。ハッキリ言えばヒモということになるのだろう。

その沖上がここまで訪ねてくる理由はいつも同じ。

「由姫、遅かったんだな。男でもできたのか？」

「……ただの仕事です」

沖上は口角を上げながら、当然のように右手を差し出してくる。

「まあ、なんでもいいけどさ、千代子がまたお金が必要なんだよ」

「本当に、伯母さんがそう言ったんですか？　お金ならこのまえ伯母さんに渡したばかりです」

すると沖上は、左手を由姫の目の前にかざし、ブラブラと振って見せた。

「おまえに傷つけられた左手が痺れてさ、店を手伝おうにも手伝えないんだよ。前の店じゃカリスマスタイリストだったのに、まったく酷いことをしてくれたもんだぜ」

由姫が深いため息をつきながら、バッグから長財布を取り出す。それを沖上が素早く取り上げ、札入れからお札をすべて抜き取った。

薄くなった財布を由姫の手のひらにポンと載せ、彼は「またな」と告げて帰っていった。

由姫は玄関に入ると背中でドアを閉め、バッグから『愛』のお守りを取り出してジッと見る。

それを震える両手で握りしめると、そのままうつむき嗚咽を漏らした。

「ほら、やっぱり」

——私には、恋する資格なんてないんだ。

3、ずっと忘れられなかった　sideハル

ハルは車のハンドルに両手を乗せたまま、遠ざかる由姫の背中を見送っていた。

「やっぱり可愛かった……」

いや、記憶にあった由姫よりも、もっと綺麗で魅力的になっていた。

——想像以上だよ！　なんだよアレ、素敵になりすぎだろう！

九年ぶりに再会した彼女は、あのときのオドオドした姿など微塵も感じさせないほど凛とした大人の女性になっていた。

昨日、ホテルのラウンジで緊張しながら由姫を待っていたとき、パンツスーツで颯爽と現れた姿に目を見張った。

名前を呼ばれたときには感動で胸が高鳴って。

動揺を悟られまいと必死だったが、サングラスをはずすときに指先が震えていたのに気づかれてはいなかっただろうか。

今日の堂々と通訳している姿も、イキイキと観光名所を案内する笑顔も輝いていて、その一挙一動に目が釘付けにさせられた。

「……スタイルもいいよなぁ」

白いシャツ越しでもわかる豊満な胸。タイトスカートからのぞく真っすぐな脚。

目線がそこばかりに向かないよう気をつけるのが、どれだけ大変だったか。

それに、メガネをやめてコンタクトレンズに変えていた。アレでは切れ長の美しい目が丸見えじゃないか。グロスを塗った唇なんて、あんなのキスしてって誘ってるようなもんだろう！

「くっそ～、キスしたかった」

やはり彼女のことが好きだ……と思う。

今回の訪日は、一か八か(ばち)の賭け(か)だった。

あれからもう九年も経っている。由姫は自分のことなど忘れているかもしれない。いや、覚えていたとしても、忘れてしまいたい黒歴史だったらどうする!?

それでもハルにとっては、ずっと心の多くを占めていた、忘れられない初恋で……。

――こんな手段を使ってでも、俺はもう一度彼女に会いたかったんだ。

九年前のあの日の出会いが、すべての始まりだった。

たぶん最初は、ただの同情だったのだと思う。それになんだか危なっかしくて放っておけなかったというか。

元々プロムは幼馴染みのニーナと行く予定だった。

自分をパートナーにと連日押しかける女子に辟易していたところにニーナが立候補してきたので、これなら揉めないしちょうどいいと乗っかった形だ。

その予定が直前でキャンセルになり、だったら花でも買って見舞いに行くべきだろうかとリムジンの車内で考えていたそのとき……運命の出会いがおとずれた。

車でパークアヴェニューを北上していると、右前方の歩道を女の子がうつむきながら歩いているのが見えた。

――日本人？

母親が日本人なのでなんとなくわかる。雰囲気からたぶんそうだろうと判断して目で追う。場所的にも服装的にもプロムに行く途中だろうと考えつつ、なんの気なしに車の窓から見ていると、クリーム色のドレスにオレンジ色のシミや靴あとがついているし、髪も乱れている。

――えっ、ボロボロじゃないか。何があった？

思わず車を停めて声をかけたらそのまま去っていこうとするので、慌てて日本語で話しかける。

——くそっ、こんなことならもう少し日本語を勉強しておくべきだった！

しかしそんな下手（へた）くそな日本語でも、警戒を解くのには役立ったようだ。戸惑う彼女をどうにか車に乗せることに成功する。

話を聞いて驚いた。ユキと名乗った彼女は日本からの留学生で、アメリカ生活最後の一大イベントであるプロムで散々な目に遭わされていたのだ。

イヤがらせは今日に限ったことではないらしい。そのせいか妙にオドオドしていて自信がなく、何かと自分を卑下（ひげ）したがる。

母と同じ日本人が自分の母国アメリカでイヤな思いをしていることが許せなかったし、アメリカ人がそんな卑劣（ひれつ）なヤツらばかりだと思われたくもない。

そして何より弱々しい彼女を放ってはおけないと思った。

ユダヤ人の血を引く父は資産家で、ノブレス・オブリージュの精神を遵守している。ハルも幼いころからその考えを叩（たた）きこまれてきた。

社会的地位を有するものは、その責任と義務を果たすべし。

つまり、恵まれた立場にあるものはその幸福を恵まれないものに再分配すべきであり、目の前で困っている人間がいたら手を差し伸べるのが当然なのだ。

そう、最初はそんなふうに、ただの親切心から声をかけただけだったのに……。

最初に「あっ」と思ったのは、ドレスに着替えた彼女を見たとき。

驚いた。ブルーのドレスで鏡の前に立つユキは物語に出てくるプリンセスみたいで、はにかむ笑顔がとても可憐だ。

地味で大人しい印象しかなかったのに、女の子は化粧や服装でこんなにも変わるものなのか。

ハグしたのは本当に無意識。自然に身体が動いていたのだけど、それくらいで固まってしまうのが初々しい。

それでもそこでいきなり恋に落ちたわけじゃない。

綺麗な子なら周囲にいくらでもいるし、見かけが変わっただけで好きになるほど単純でもない。

まずは価値観の違いに驚かされた。奉仕されるのが当然と思っているような傲慢でプライドが高い女子ばかり見てきたから、ドレス一着プレゼントされるだけのことに恐縮して、値段や財布の中身を気にするのが新鮮で。

カルチャーショックを受けたのと同時に、なんだか好感を持った。

ユキのハイスクールのプロムでは、彼女は意地悪な視線に萎縮しながらも、必死に前を向いていた。そんな姿を見ていたら、自分が守り抜くのだという庇護欲がムクムクと湧いてきて。

なのにいざダンスをはじめたら、ユキのステップは軽やかで、ビックリするほど息がぴったりで。

彼女のクラスメイトを見返してやるという目的も忘れて、単純にダンスを楽しむ自分がいた。

決定打はあの笑顔だ。

ホテルを出たところで二人で顔を見合わせて成功を喜んだとき。

『ふふっ、みんなビックリしてた』

そう言って見せた花ひらくような笑顔がそれはそれは美しく、ハッと目を奪われた。

ユキは気づいていなかっただろうけど、次のホテルに移動する車内では心臓がドキドキしていて、平静を装うのに必死だった。

セレニティのプロム会場で、ユキは注目の的だった。

彼女の艶やかな黒髪や陶磁のようにきめ細かい肌に、男どもが見惚れている。

――彼女は俺が見つけたんだ！

最初は誇らしく思っていたものの、どういうわけか次第に面白くないと感じだす。

緊張がとけてイキイキと踊る彼女は、周囲に笑顔を振りまく余裕を見せはじめていた。

上気した頬に弾む息。それを誰の目にも触れさせたくないと、独占欲が湧いてきて。

――ダメだ、そんな顔を無防備に晒(さら)さないで！

『ユキ、俺だけを見て』

そのときにはすでに、自分でも認めざるをえなかった。

――これはジェラシーだ。

『君のパートナーは俺だよ。俺の目だけをジッと見つめて』

そんな自分勝手な言葉にユキは素直にうなずいて、黒曜石のような瞳で見上げてくる。

『ハル、ごめんなさい。あなただけをちゃんと見てるから』

もうそのときには落ちていた。

だってこんなの反則だろう⁉　潤(うる)んだ瞳でそんなセリフを言うなんて、恋してしまうに決まってる。

ビックリするほど細い腰。力をこめて抱き寄せて、必要以上に密着させる。華奢(きゃしゃ)で白い指を握りこめば、そこから全身に甘い疼(うず)きが広がっていく。

このままずっと踊り続けていたい……それでも独占欲が上回った。

『まだプロム終了まで時間があるけれど……もう抜けよう』

早く二人きりになりたい。この想いを伝えたい。頭の中はそのことばかりで。

連れて行ったのはハリソン川を挟んだ対岸の公園。

マンハッタンにも夜景が綺麗な場所はたくさんあるが、ニュージャージー側のほうが街の全景を見渡すことができる。

二人が出会ったマンハッタンを一緒に眺(なが)めたかった……とはキザすぎて言えなかったけれど。

お気に入りの場所にはじめて連れて行った女の子に、生まれてはじめての告白をした。

あまりにも早すぎる展開に、当然ユキは戸惑った。

当然だろう、なにせ出会ってたった数時間、自分だって驚いている。だけど好きになったものはしょうがない。ほかの男に取られる前に動かなきゃ。

ユキがもうすぐ帰国と聞いて動揺したものの、それで彼女への気持ちが変わることはなかった。

離れたって会いに行けばいい。さいわい自分はプライベートパイロットの免許を取得済みだ。ビジネスジェットの資格も取れば、気軽に会いに行ける。

それでもユキは迷っているようだ。どうしてそんなに卑下するのだろう、こんなに可愛いのに、魅力的なのに。

だったら残りの三週間でその気にさせるまでだ。

この気持ちは本気なんだって、遠距離になっても大丈夫だって、全力で伝えよう。

「ユキ、アイシテイマス」

今はこれくらいしか言えないけれど、もっと日本語を覚えるよ。もっともっと日本語で愛を伝えられるようになるから、どうか気持ちを受け止めて。

見下ろせば、ユキの黒い瞳に熱に浮かれた自分の顔が映りこんでいる。

彼女の頬を涙が伝う。これはどんな意味の涙なの？　その頬に触れた瞬間、気持ちが溢れてどうしようもなかった。

思わず重ねた唇を、それでも彼女は拒まなかった。

――これって、受け入れてくれたってことだよな？

午前0時前に家の近くまで送って行く。離れがたくて抱きしめた。

小走りで家に向かう彼女はまるでシンデレラだ。けれどガラスの靴は必要ない。だって明日もまた会えるのだから。

小さく手を振るユキに、『See you tomorrow』と声をかけた。

――また明日、迎えにくるよ。だからもっとユキのことを教えて。

そして自分のことも知ってもらいたいし、話したい。

なのに翌日、その場所にユキが現れることはなかった……。

ルール違反だとは思ったが、前の晩にユキが入っていったホストファミリーの家を訪ねてみた。

驚くことに、ユキはもう日本に帰国したと言う。

——どういうことなんだ？　留学期間はあと三週間だと言っていたのに。

日本の住所を聞いても守秘義務があると教えてもらえない。勇気を出してユキが通っていたハイスクールにも問い合わせてみたが、同じく何も情報を得ることができなかった。それどころか自分はユキのフルネームさえ聞いていなかったと気づき、愕然とする。

——ユキは嘘をついていたのか？　いや、そもそも俺のことをどう思っていたんだろう？

最後まで彼女の気持ちを聞けずじまいだった。

あのときユキは雰囲気に流されただけだったのだろうか。心が通い合ったと思ったのは自分だけで、あのキスも本当はイヤがっていたのかもしれない。大人しい子だったから抵抗できなかっただけのことで……。

——まさか、俺のことが怖くなった？

日本での住所も通っている学校も、フルネームさえも知らない。自分の迂闊さ加減に呆れながらも、日本に逃げた女の子を追いかけてもしょうがないと諦めるしかなくて。

あの日ほど心がときめくような恋ではなかったが、それなりに女の子と付き合ったりもした。

そして、切なさや胸の痛みは記憶とともに徐々に薄くなり、あれは夢か幻だったのだと思えるようになった二十八歳の春……予期せぬところでユキを見かけることとなる。

実家に帰ったとき、母親が定期購読している日本の雑誌をパラパラとめくっていたら、通訳会社の広告のページで微笑(ほほえ)む彼女が目に飛びこんできたのだ。

——見つけた！

あのころよりは大人びて綺麗さが増しているけれど、これはユキだ。あの日見た笑顔を見間違えるはずがない。

一瞬にして心があの夜に引き戻された。

それと同時に、冷静になれといさめる自分もいる。

——ちょっと待て、あれから何年経ったと思ってる。とっくに諦めたはずだったろう？　今さら追いかけてどうするっていうんだ。第一会ってくれるのか？　何も言わずに逃げた女だぞ？

けれど躊躇(ちゅうちょ)したのはほんの一瞬。すぐに脳内でどうしたらまた会えるかと、目まぐるしく考えはじめていた。

無性に会いたくて、自分の気持ちをもう一度確かめたくて。

そして彼女が黙って消えた理由をどうしても知りたいと思った。

——日本に行こう。

それからすぐに日本進出の企画書を書き……その半年後、ハルは日本にやってきたのだった。

「――ダメだ、俺、浮かれてる」

もう一度、今日一日の出来事を思い浮かべれば、知らずに口元が緩み、ニヤついてしまう。

やっと由姫と会えたうえに、デートまでできた。

仕事にこじつけて無理やりだったことは認める。だけどそうでもしなきゃ、由姫は二人きりで出かけてくれなかっただろう。

おかげで由姫が何も言わずに帰国した理由がわかったし、改めて気持ちを伝えることもできた。

諦めたと言いつつあれからずっと日本語の勉強をしていた自分を褒めてやりたい。

なのに、どうしてだ？　なぜ彼女は受け入れてくれないんだ。

――由姫は俺のこと……嫌い、ではないよな？

今日一日一緒にすごしていて、そう思えた。

あのときだってハルのことを嫌いで逃げ出したわけではなかったのだ。

「恋人はいないって、そう言っていた」

だったら今度こそ恋人になってくれたっていいのに……。

「……どうにも気になるな」

由姫が時折浮かべていた暗い表情が、何を意味しているのか。悩みがあるのなら、それを知りたい。

少し考えてからスマホの画面をタップすると、数回の呼び出し音で応答があった。

【ハル、どうした？】

『ニック、おまえ、優秀な興信所を知らないか？　もちろんニューヨークじゃない、日本のだ』

【そりゃあ会社が契約しているところはあるが……なに？　訪日早々にトラブルか？】

『トラブルかどうかはこれからわかる。その興信所を紹介してほしい』

電話を切ると、ハルはシートベルトを締めて車のエンジンをかけた。

──まだいろいろ気になることはあるけれど……。

それでも由姫は、ハルの言葉に最後はうなずいてくれていた。

ノーと言わなかったということは、イエスになる可能性があるということだ。

「まずは由姫に、もっと気持ちを伝えないと」

──今度こそ、もう逃がさない。

ハルはそう心に誓うと、明日もまた会える喜びを嚙み締めながら、宿泊先のホテルへと車を走らせるのだった。

4、ジェラシー

翌日は午前十時にハルが宿泊しているホテルで待ち合わせをして、そこから一緒に移動することになっていた。

由姫がホテルのロビーで待っていると、そこに現れたのはハルのほかに男性二名。デザイナーのノア・ホワイトと、フォトグラファーの真野一誠だ。

ノアは三十歳のアメリカ人で、中性的な雰囲気の美人。うしろで結んだホワイトブロンドの長髪が似合っている。

一方の一誠は三十一歳の日本人で、がっしりした体つきのワイルド系。こちらはニューヨーク在住のフォトグラファーとして日本でも有名なので、由姫も名前と顔は知っていた。

二人とも違うタイプのハンサムなのだが、そこにハルも加わると美形揃いでとても目立つ。

周囲の注目を浴びながら、日本語を話せないノアに合わせて英語で会話をしつつ、表に出た。

玄関に横づけされていたのは黒いハイヤーで、白い手袋をはめた運転手に丁寧に挨拶される。

国産の高級ミニバンで八人乗りの仕様なため、四人乗っても余裕のある広さだ。

これを一ヶ月間貸切だと聞いて、なんて贅沢な……と思いつつ、昨日のスポーツカーを見た後なだけに、これが彼らの普通なのだろうと納得した。

真ん中の列にハルと由姫、三列目にノアと一誠が座る。

車が走りだすと、道行く人々の冬の装いを観察しながら、ノアが自分たちとハルとの関係について説明してくれた。

『僕たちはハルに先行投資してもらったんだよ』

ノアによると、彼と一誠はハルに誘われて、ニューヨークブランド『My dear』に参加したのだという。ハルが、当時まだまったくの無名だったノアと一誠の才能を認め、一緒にやらないかと声をかけたのだ。

その会話に横からハルが割りこんできた。

『そのときにはすでに、ｗｅｂに詳しい友人と会社立ち上げの準備を始めていたんだ。男性モデルは俺がやればいいし、女性モデルはいくらでもアテがある。あとは優秀なデザイナーと宣材用のフォトグラファーが必要だった』

そして今では一誠は自分の写真スタジオを持ち、一流ファッション雑誌の表紙を任されるほどの人気フォトグラファー。

ノアは『My dear』専属デザイナーだが、その売れ行きは好調で、今回の日本向け新ブランド『Dear my』でもデザインを一任されている。

学生のうちに事業をはじめたというだけでもすごいことなのに、新人発掘の才能まであったのかと、改めてハルの優秀さを思い知る。

『〝My dear〟はニューヨークで仲間がしっかり回してくれてるから、俺はこの二人と一緒に新ブランド立ち上げに集中できるってわけ』

ハルが笑顔でそう語ると、うしろからノアが、『そうそう』と続ける。

『じつを言うと、ハルから一ヶ月も日本に滞在するって聞いたときには、下準備だけなのに長すぎじゃないかって思っていたんだ。でも、初恋の相手に会えるとなれば、そりゃあすぐには帰りたくないよね』

『あっ、おい、ノア！』

——えっ？

『由姫、違うんだ！　いや、違わないけど、由姫が初恋だけど！』

顔を赤くして必死に弁解するハルに、こちらまで頬を火照らせてしまう。

そんなハルと由姫を見て、ノアがクスクスと笑いだす。

『昨日なんて、ハルが僕たちを置いて出かけようとするからついて行くって言ったらさ、初恋の相手とデートだから、邪魔しないでくれ……って。仕方ないから僕と一誠の二人だけでスカイツリーに登ってきたよ』

――ええっ⁉

初恋だとかデートだとか。恥ずかしい単語を並べられて、ハルの顔が見られない。

「デートって……」

思わず由姫が呟くと、隣でハルが、「……ごめん、俺はそのつもりだった」と日本語でボソリと言った。

昨日はたしかにハルがデートだと言っていたけれど、まさか本気だったなんて……。

恥ずかしくてうつむいていたら、それまで黙りこんでいた一誠が『ハル、浮かれすぎだ』と釘を刺す。

『俺たちはおまえの恋愛ごっこに付き合うために日本に来たんじゃないんだ。色ボケしていないで日本進出の準備に集中してもらわないと困る。ノアもハルを甘やかすな』

『おい、一誠、彼女の前でそんな言い方はないだろう⁉　仲間の応援をして、何が悪い』

ノアと一誠が険悪な雰囲気になったところで、ハルが振り向いて頭を下げた。

『二人ともごめん、たしかに俺は浮かれてたな』

『ハル、謝ることなんてないよ。一誠が厳しすぎるんだ』

『いや、ノア、一誠の言い分もわかるから』

ハルはノアを制すと、今度は一誠に話しかける。

『一誠、たしかに俺は由姫と仕事ができて張り切ってるよ。仕事に私情を挟んでいると言われればそうだろう。だけど俺は、その気持ちをパワーにして、いい仕事をするつもりだから』

それを聞き終えた一誠が呆れたようにため息をつく。

『ハル、今回の仕事で失敗したら、会社のみでなく俺やノアの名前にも傷がつくってわかっているんだろうな』

今度はハルと一誠が睨み合った。

『ああ、わかってる。俺だって今回の企画を成功させるつもりで日本に来ているんだ。俺は仕事も恋愛も手を抜かないし、両方を手に入れる。一誠、日本には〝故郷に錦を飾る〟って言葉があるんだろ？　おまえの祖国日本で、〝真野一誠〟の名前をさらにビッグにしてみせるよ』

『大きく出たな。その言葉、忘れるな』

そして一誠が由姫に視線を向ける。

『お嬢ちゃん、あんたがどういうつもりか知らないが、ハルにちやほやされて調子に乗るなよ。役立たずだと判断したら即刻辞めてもらう。通訳くらいなら俺でもできるからな』

『おい一誠！』

『一誠、彼女に対して失礼だ！　いい加減にしなよ』

ハルとノアが声を荒らげるのを、由姫が止めた。

『いえ、大丈夫ですが……一誠さん、〝通訳くらい〟という言葉は取り消してください。私は自分の仕事がそんなに簡単なものだとは思っていませんし、ほかの通訳の方々にも失礼です。その代わり、私が役に立たないと思ったらクビにしてくださって結構です』

『由姫！　クビだなんて……っ！』

慌てるハルを無視して由姫は続ける。

『ただし、今後私の仕事ぶりを見て考えを改めた場合は、今の発言を謝ってくださいますか？　私にだってプライドはありますから』

由姫が一誠の目を真っすぐに見つめて言い切ると、彼は軽く身を引きたじろいだ。

『あっ、ああ……通訳の悪口は、まあ、言いすぎた。しかし考えが変わるかどうかは、あんた次第だ』

『わかりました』

そう言って前を向いた由姫に、ハルが心配そうな目を向ける。

『由姫、ごめん。俺のせいでイヤな思いをさせた』

『いいえ、大丈夫です』

そう告げてから前を向き、膝の上で拳(こぶし)をかたく握る。

――たしかに私は浮かれていたのかもしれない。

思わず反論してしまったけれど、一誠が言ったことは間違っていないのだ。

ハルに再会して、好きだと言われて調子に乗って。

ハルが日本語を話せるのをいいことに、自分は添え物のような感覚になっていた。

――気持ちを切り替えなきゃ。私は仕事をしに来ているんだから。

『サテライト・トランスレーション』の代表として、そしてプロの通訳として、この仕事をしっかりとやり遂げたい。そしてハルたちの役に立ちたいと思う。

――よし、頑張ろう。

由姫は心の中で「うん」とうなずいて、改めて自分に活を入れるのだった。


最初にハイヤーが停まったのは、渋谷のオフィスビル。待ち合わせていた不動産屋に案内されて七階の部屋を見てまわる。

ここを日本での活動拠点にするのだそうだ。

――あれっ、ここって……。

由姫の職場から徒歩で来られる距離ではないだろうか。

窓をのぞいてみれば、黄色いイチョウ並木の先に、『サテライト・トランスレーション』の入っているビルが見えた。

――まさかそれが、この場所を選んだ理由？

一瞬そんなふうに思ったけれど、さすがにそれは自惚れすぎだろう。さっき一誠に啖呵を切ったばかりなのに、余計なことを考えている場合ではないと反省する。

次に向かった先は、大手広告代理店。ハルたちは近々サイトやカタログ掲載用の女性モデルのオーディションを行う予定で、そのセッティングをすべてこの代理店に任せてあるという。担当者との会話はハルだけでも十分成立するのだが、さすがに細かい言いまわしは難しいらしい。そこだけは由姫が補足した。

しかし、これでは本当に自分の出番は少なそうだ。車内で偉そうなことを言ったものの、クビにされるのは時間の問題かもしれないと不安が募る。

打ち合わせが終わり、次は近くのスタジオに移動しての写真撮影。ハルをモデルにメンズ服の試し撮りをするのだという。

スタジオにはすでに日本のスタッフが待機していて、あらかじめ空輸されていたサンプルの服をパイプハンガーにかけてスタンバイしていた。

ハルはメーキャップのために控室に入り、ノアは衣装のチェックを開始する。一誠はカメラをセット中だ。

——わっ、三人ともすごいスタミナ。

まだ来日して三日目なのに、彼らはとても精力的だ。時差ボケはないのだろうか……と思いつつ、由姫は一番通訳が必要であろうノアの近くで待機する。

しばらくして撮影がはじまり、ノアがそれを見ながらサンプルの修正箇所を指示していく。それを日本人スタッフに伝えるのは由姫の仕事だ。

そうして開始後三十分ほどしたところで、急にノアがふらついた。

『ノア、大丈夫!?』

彼は片手で額を押さえ、由姫が支える間もなくしゃがみこむ。そのまま床に手をついて、ゆっくりと倒れこんだ。ゴロンと仰向けになり、荒い呼吸を繰り返す。

『ノア！』

由姫の大声でハルたちも異変に気づき、場が騒然となった。

救急車だ、医者だと皆が騒ぎ立てるなか、由姫がノアの手首に触れて脈の確認をし、彼に話しかける。

『ノア、私の声が聞こえる？』

『うん……聞こえる。暑くて目眩がして……』

ノアが目を閉じたまま軽くうなずく。じつは今朝からずっと倦怠感があったのだという。

『熱中症かもしれない。ノア、少し衣服を緩めるね』

由姫はノアのシャツのボタンをはずすと、彼の後頭部を軽く支えてペットボトルの水を飲ませた。次に正座してノアの頭を膝枕し、近くにあった雑誌をうちわ代わりにして彼を扇(あお)ぐ。

スタッフに買ってきてもらったスポーツドリンクを少量ずつ与えて様子を見ていると、徐々にノアの呼吸が落ち着いてきた。

『ありがとう……ちょっと、楽になったかも』

ノアが穏やかな表情になったのを見て、皆がホッと息をつく。

『由姫、ノアが熱中症だって、どうしてわかったの？』

ハルの問いに、由姫は首を横に振った。

『まだ確定じゃない。でも、セミナーで最低限のことは学んでいるから』

『セミナー？』

『ええ、そう』

海外からの観光客は、限られた時間の中で少しでもたくさん見て歩きたくて、何かと無理をしがちだ。

長旅の疲れと時差ボケも抜けないうちに行動を開始し、その結果、体調を崩してしまうことがある。

そのようなときに咄嗟に対応できる知識の必要性を感じた由姫は、Ｗｅｂの〝熱中症予防セミナー〟や〝感染症セミナー〟に参加していたのだ。

『でも、夏バテったって、今は十一月だぞ』

一誠の言葉にも、由姫はすぐに答えることができた。

『夏バテではなくて、熱中症です。熱中症は冬でもなるんですよ』

冬は空気が乾燥しているため皮膚や粘膜から水分が失われやすい割に、夏に比べて暑さを感じないため水分摂取は少なくなりがちだ。

そんなときに暖房の効いた室内やお風呂に入って汗をかくと脱水状態になり、体温が上がって熱中症を引き起こすのだ。

『このスタジオは、ライトのせいでかなり暑くなっているから……それにノアの場合は移動の疲れも溜まっていたのではないかしら。以前同じ症状になった方もそうだったから』

そんな話をしていると、ノアがゆっくりと頭を上げる。

『ありがとう、ユキ。おかげでずいぶん楽になったよ。もう大丈夫だ』

『まだ無理はしないほうがいい。機内で感染症になった可能性も考えて、念のために病院に行きましょう。通訳として私がついていきます』

『由姫、俺も行く』

『いいえ、ハルと一誠さんは残って仕事を続けてください。スタッフの方々に指示を出す人間が必要でしょうし』

由姫はスタッフの手を借りてノアをハイヤーに乗せ、病院へと連れて行った。

そこでやはり熱中症と診断され、しばらく涼しい場所で安静にし、こまめに水分摂取をすれば大丈夫だと説明を受け、帰ってきたのだった。


ハイヤーがホテルの前に停まると、由姫から連絡を受けていたハルと一誠が飛び出してくる。

「由姫、ありがとう。俺たちが部屋に運ぶよ」

ノアを支える二人について行くと、なんとそこは、ホテル上層階にある長期滞在者向けのスイートルーム。

中はファミリータイプのマンションに匹敵（ひってき）する広さで、独立したリビングルームにベッドルーム、ジェットバス付きの広いお風呂がある。キッチンには調理器具一式が揃っていた。

寝室にツインベッドがあったため二人で利用しているのかと思ったら、この部屋をノアが一人で使用しているのだという。そしてハルと一誠もそれぞれ同じような部屋に泊まっていると聞き、もう言葉が出ない。

この人たちの『普通』を由姫の生活レベルで測るのは無理なのだと、改めて悟った。

ベッドにノアを寝させ、三人でリビングのソファーに座り、一息つく。

すると一誠がいきなり「すまなかった！」と日本語で頭を下げてきた。

「今朝の俺の発言をすべて取り消させてほしい。俺が全面的に間違っていた。あなたは優秀で信頼できる通訳、そして素晴らしい女性だ。ユキさん、これからもどうか、よろしくお願いします！」

この短時間で人が変わったかのように低姿勢だ。逆に恐縮してしまう。

「あの、一誠さん、敬語は必要ありませんし、ハルと同じように呼び捨てしてくださって結構です。毎日顔を合わせるんですから」

「そうか……それじゃあアメリカ式でフランクにいこう。俺のことも名前で呼んでほしい。敬語も不要だ。ユキ、よろしく」

差し出された右手を握り返すと、一誠が満面の笑みでうなずいてくれた。どうやらクビの危機は回避できたらしい。一誠と由姫の和解が成立したところで、ハルがソファーから立ち上がる。

「それじゃ、由姫、送っていくよ」

「あっ、はい」

由姫がバッグを手にすると、ハルがそれを取り上げ自分の肩にかけた。そして一誠を振り返る。

「一誠はもうしばらくこの部屋に残って、ノアの様子を見ていてくれないか？」

「ああ、任せておけ」

ハルは一誠に向かって軽く右手を上げると、由姫の腰に手を当ててエスコートした。

二人で部屋を出て、エレベーターに乗り……。

——あれっ？

なぜかハルは、一つ上の階のボタンを押した。

「ハル？」

エレベーターが止まると、ハルは由姫の手首を掴み、そのまま無言で歩き出す。

一番奥の部屋のドアを開け、由姫を中に引っ張りこむと、壁に手をつきこちらを見下ろした。

その目がどう見ても怒っている。

自分は何か失敗したのだろうか。もしかしたら、ノアの件で出しゃばりすぎたのかもしれないと、今日の行動を振り返る。

しかしハルの口から聞かされたのは、まったく予想外の言葉で。

「一誠と仲良くなれて、嬉しい？」

——えっ？

「由姫はやっぱり、日本人の男性のほうが好みなの？」

「そんな、私は……っ！」

弁解する前に、唇を塞がれた。ぶつけるように唇が重なり、あっという間に離れていく。熱のこもった瞳で真っすぐ見据えられる。

「一誠はダメだ、あいつは女に見境がない……いや、一誠じゃなくても、俺以外の男に心を動かさないで！」

間髪入れずに再びキスされた。彼の舌が唇をこじ開けて入ってくると、口内を丹念に舐めまわし、逃げる由姫の舌を追いかけて絡めとる。

「んっ……あ……っ」

驚きよりも、背中をゾクリと駆け抜ける快感で腰が砕けてしまう。

壁に背をつけズルリと崩れ落ちると、途中でハルが抱き止めて床に下ろしてくれた。キスをしたままゆっくりと赤いカーペットの上に倒される。

「は……っ、由姫っ」

重なった唇の間でくぐもった声が聞こえた。

彼は顔の角度を器用に変えつつ舌先で歯列をなぞり、二人の唾液を混ぜ合わせていく。

由姫がそれをコクリと飲み干すと、まるでご褒美だとでもいうように髪を撫でられた。

彼の指先が地肌に触れるたび、気持ちよくて蕩けてしまいそうだ。頭がのぼせて何も考えられなくなってしまう。

——どうしよう、こんなのはじめてなのに。

けれどハルの手が丸く肩を撫でたところでハッとする。慌てて彼の胸を押した。

ピチャッと水音を立てて唇は離れ、ハルがジッと見下ろしてくる。

「……やっぱり由姫は変わったね」

「変わった……って、私にガッカリしたの？」

彼を失望させてしまったのだと、目を伏せた。

「いや、ガッカリどころか、いい女になりすぎだ」

「えっ？」

「記憶の中の由姫よりも、ずっと綺麗(きれい)で素敵(すてき)な女性になっていた。見惚れるくらい堂々と、そして生き生きしていて」

「だったら……」

——どうして怒っているの？

わけがわからず茫然としていると、ハルが微(かす)かに眉根を寄せる。

「由姫のよさをみんなに知ってもらえて嬉しいよ。だけど、俺だけの由姫じゃなくなるのはイヤなんだ」

「そんな……私はハルのものじゃないわ」

「それじゃあ、俺のになって」

そう言って、まつ毛を伏せたハルの顔が、角度をつけて近づいてくる。

思わず「ダメっ！」と大声を出し、顔を背けていた。

「何がダメなのかな。プロムの夜のキスはイヤじゃなかったって言ってくれた。翌日何も言わずに帰国したのも、ご両親の事故で仕方なくだった。それじゃあ再会した今、俺を拒むのはなぜ？」

由姫が黙りこむと、ハルが深いため息をつき、身体を起こす。片手で前髪をかきあげて、こちらに顔を向けた。

「由姫は、俺のほかに好きな人がいるの？」

「そんなの……いない」

「だったらどうして？　俺は由姫のことが好きだし、今度こそ本当のステディになりたい。由姫だって俺のことを嫌いじゃないはずだって思ってるんだけど、俺、間違ってる？」

「間違ってなんか……！」

由姫も慌てて身体を起こしたものの、途中で言葉を呑みこんだ。

——だけど私じゃダメなの！

言ってしまいたい。すべてを打ち明けたうえで、自分もハルを好きだと伝えることができたら、どんなにいいかと思う。

ハルは優しいから、それでもいいと抱きしめてくれるのかもしれない。

けれど……。

脳裏に伯母と沖上の姿がチラつき、かぶりを振ってうつむいた。

「もう少し……考えさせて」

「この前も由姫はそう言ったよ？　もう少しって、あとどれだけ待てばいいの？　待っていれば、俺が期待する答えがもらえるの？」

どう答えればいいのかと、床を見つめて考える。拒絶してしまえば簡単なのに、それができない自分が情けない。

「ハル……ごめんなさい」

両手で顔を覆うと、その手をそっと開き、顔をのぞきこまれた。唇を引き結んだその表情は、切なげだ。

「ちゃんと話そうか」

そう言ってハルが由姫の手を引きリビングのソファーに座らせると、冷蔵庫からミネラルウォーターを出してグラスに注いでくれた。

マホガニーのセンターテーブルを挟んで向かい合う。

「由姫、そんなに困った顔をしないで」

そして彼は自分のグラスにも水を注ぎ、一気に飲み干す。それをコトリとテーブルに置いた。

「ごめん、俺が強引だった。少し急ぎすぎたね、さっきのは、ただの嫉妬(ジェラシー)」

「嫉妬？」

「うん、ノアに膝枕させてたと思ったら、今度は一誠を手懐(てなず)けて微笑み合ってるから、妬(や)いた。由姫は無防備すぎるんだ」

——ええっ!?

だって膝枕はノアを休ませるためだったし、嫌われていた一誠に認められれば嬉しいに決まっている。

ハルにそう言うと、彼は「でもさ……」と、軽く唇を尖(とが)らせた。

「ライバルが現れたら、俺はどんな勝負でも受けて立つ気があるよ。けれど、由姫にうんと年上がいいとか日本人がいいとか言われたら、どうしようもないだろう？　日本語だってまだ勉強中だっていうのに」

その拗(す)ねたような表情が少年みたいで、なんだか可愛(かわい)らしいなと思ってしまう。

「私は人種とか年齢なんて気にしないよ。第一、ハルにだって日本人の血が流れているじゃない」

「それでも、由姫のタイプはワイルド系なのかなとか、それとも儚げなのがいいのかなとか、考えちゃうんだ。余裕がなさすぎてカッコ悪いね」

「そんなことない！　ハルはいつだってカッコいい！　とても素敵で……っ！」

必死に声を張り上げてしまった自分が恥ずかしい。これでは本音がダダ漏れだ。

そんな由姫を見て、ハルがフワリと微笑んだ。

「ふはっ、嬉しいな。ありがとう」

ハルは横に置いてあった由姫のバッグを肩にかけ、立ち上がった。

「さあ、行こうか。このまま部屋にいたら、俺の理性が保たないから」

——理性が保たないって⁉

恥じらう由姫の手を握り、彼はそれが当然のように歩きだす。

「明日からはあまりしつこくしないよう気をつける。でも、一誠ともちゃんと距離をとって」

「ふふっ……はい、わかりました」

これではすでに、恋人同士の会話みたいだ。

ストレートな愛情表現に戸惑いつつも、それが嬉しくなっている時点で、自分はもうすっかり心を囚われてしまっているのだろう。

帰りはハルが、昨日と同じ左ハンドルの車で送ってくれた。

彼の端正な横顔を眺めていると、それに気づいたハルが、「えっ、なに？」と楽しげな視線をよこす。

「あのね、さっきの話なんだけど……ハルが言ってくれたように私が変わったのだとしたら、それはあなたとナツミさんのおかげなの」

「えっ、俺とナツミ？」

「そう」

あのプロムの日、『心の在り方が外見に現れる』、『自分自身を好きになれ』、そうナツミに教わった。そしてハルが、『大丈夫、俺がついてるから』と手を差し伸べてくれた。

二人が臆病だった由姫の背中を押し、変身させてくれたのだ。

「日本に帰ってからいろいろあったけれど……つらいときはいつもあの日のことを思い出してた」

うつむいちゃダメだ、背筋を伸ばして前を向け……そう自分に言い聞かせて頑張ってきた。

「親友の友香里や、玲子さん……会社の社長なんだけど、彼女たちにオシャレの仕方を教わって、自分磨きも頑張って」

帰国後しばらくは経済的な理由でメガネをかけていたが、社会人になってはじめての給料でコンタクトレンズを買った。

『疲れたときこそ自分を甘やかすの』、『オシャレは自分へのご褒美なのよ』そう玲子に言われ、化粧をすることも覚えた。

そうすると、通訳相手の外国人からは切れ長の目が素敵だと容姿を褒められ、英語の発音が綺麗だと実力を認められるようになり。

不思議なもので、褒められると自信がついて積極的になる。自然に前を向き、笑顔も増える。そうして由姫のリピーターも増えていき……今の自分ができたのだ。

「全部ぜんぶ、ハルのおかげなの。だからハルに綺麗になったって褒めてもらえて、本当に嬉しかった」

あの日、ハルが声をかけてくれなければ、今の自分はなかった。

たった一晩だけでも、自分はシンデレラになることができた。人は変わることができる。そのことがいつだって由姫の希望の光で、暗闇の中でも自分を導いてくれていたのだ。

だから感謝の気持ちを伝えたかっただけで、決して同情を求めたわけではないのに、ハルにはそうと受け取られなかったらしい。

表情を曇らせて、遠慮がちに聞いてきた。

「由姫、君の日本での生活は……その、あまり楽しいものではなかったの？　たしかにご両親を失うという悲しい出来事があったけれど、その後も俺とのことを励(はげ)みにしなくてはいけないような……」

無理に踏みこまないよう耐えてくれているのだろう。彼が慎重に言葉を選んでいるのが伝わってくる。

けれど……。

――ハル、ごめんなさい。

「私は大丈夫、大学で友香里や玲子さんに会えて、憧れの職業に就くこともできた。あっ、そういえば三人で『笑顔トレーニング講習会』を受講したこともあるのよ！」

そこでは割り箸を咥(くわ)えて口角を上げるトレーニングをするのだと話すと、ハルは「ハハッ、面白そう。今度、由姫がやってるところを見せてよ」と笑ってくれた。

話題を逸(そ)らした不自然さに気づきつつ、彼はそれ以上聞かずにいてくれる。申し訳なさとうしろめたさが募っていくばかりだ。

ハルが由姫のアパートまで送ってくれるというのを断って、前回と同じように最寄り駅で下ろしてもらう。シートベルトをはずしたところで、ハルが両手で由姫の手を握ってきた。

「由姫、俺が今日言ったことは、ひとまず忘れてくれていい。由姫が心を開いてくれるのを待つよ。九年も待ったんだ、今さら焦(あせ)ったって仕方がないのにね」

だからそんなにつらそうな顔をしないで……と、柔らかく微笑まれて涙腺が緩む。

彼はこんなにも誠意を見せてくれているのに、それに今すぐ応えられない自分が歯痒(はがゆ)い。

「待って……くれるの？」

「うん。そう言っておいてなんだけど、できれば少しでも早いほうが嬉しいかな。俺にはあと四週間しかないから」

そう言われ、彼とすごせるタイムリミットはあっという間なのだと痛感する。

ハルが外からドアを開けてくれて、車の横で向かい合った。

「あのさ、ハグ、してもいいかな。その、愛情というか友情というか、そんな感じの」

「ふふっ……はい」

由姫がコクリとうなずくと、ハルが遠慮がちにそっと抱きしめてきた。その腕から彼の優しさと温かさが感じられる。

離れがたいな……と思う。

「由姫、困ったことがあれば言って。できる限り力になるから」

「……ありがとう」

ハルに見送られながら歩き出し、しばらくしてから振り返ってみる。彼はまだ車の横に立ったまま、笑顔で手を振ってくれていた。

九年前のあの夜と同じだな……と思い出し、胸がギュウッと締めつけられた。

——あと四週間。

その間のほんの短い時間だけでも、自分は彼の恋人になってもいいだろうか。

——たとえその後、別れが待っているとしても……。

そんなことを考えながら、由姫は日当たりの悪いアパートへと帰っていった。

＊＊＊

それからも連日ハルと顔を合わせたものの、初日のように甘い空気になることはなく、お互い目の前の仕事に集中していた。

仕事が終わってからノアたちを交えて四人で食事に行ったり、ハルと二人だけで出かけたりするときもあるが、そのどちらの場合もハルは適度な距離を保ってくれている。

世間話や仕事の話が中心で、口説(くど)いてくることも過剰なボディタッチもない。二人きりになるとそっと手を繋いだりはするけれど、ただそれだけ。

それはハルが、『待つ』と言った自分自身の言葉を守ってくれているのだろうと思う。

申し訳ないと思いつつ、今の由姫にとってはそれがありがたかった。

それに、今は恋愛にかまけている場合ではないというのもある。

女性モデルのオーディションが近づいて、その準備が忙しくなったのだ。

オーディション三日前には、最終的な確認のため、もう一度広告代理店に出向いた。

段取りの打ち合わせの後で、担当者があらかじめ絞りこんでくれた十一名のモデル候補の写真やプロフィールをテーブルに広げ、皆でチェックする。

こういう現場に立ち会うのがはじめてなので、由姫にとっては新鮮で興味深い。

「この人はモデルではなくてシンガーですか」

ハルの質問に、担当者が書類を見ながら答える。

「はい。彼女はファッションリーダーとして若者に人気で……」

「『Dear my』のイメージにはちょっとガーリーすぎるかもしれないですね。男に媚（こ）びているように見えるのは好ましくない。『可愛い』よりは『美しく』、それに女性的な強さもほしいので。まあ、実際に会う前に断定はよくないですが」

オーディション現場では個々の面接にあまり時間をかけられないため、事前にこうして詳しい情報をインプットしておくのだとハルが言う。

対するノアと一誠はプロフィール内容にまったく興味がないらしい。写真をチラリと見ただけでソファーにもたれ、くつろいでいる。

彼らはオーディションで本人を見てから直感で決めるそうだ。これが経営者とアーティストとの違いなのかもしれない。

そのとき、応募者のプロフィール用紙を確認していたハルが、突然「えっ！」と大声を上げた。隣から用紙をのぞきこんだノアも、同じく『えっ』と言って固まる。反対側にいた一誠がハルから用紙を奪い取り、上から下まで目を通し、『マジか……』と呟いた。

その様子を見ていた担当者が、「ああ、すごいでしょう！」と顔を綻ばせる。

「皆さんならご存じですよね。あの人気モデル、ニーナです。どこから聞きつけたのか、向こうからわざわざオーディションに応募してきたんですよ。もう十名に絞りこんだ後だったんですが、もったいないので急遽加えておきました」

——ああ、だから十一名。

彼の話によると、ニーナはニューヨークの有名下着ブランドの専属モデルらしい。活動拠点はアメリカだが、日本でも徐々にその名前は知れ渡ってきているという。

由姫もノアの隣から一瞬だけ写真を見たが、そこにはショートボブヘアーのすらりとした美女が写っていた。ピンクブラウンの髪色が、コケティッシュな顔に似合っている。

「ちょうど下着ブランドの専属契約が切れたそうで、次はぜひ『Dear my』でと言っています。彼女が引き受けてくれたら日本では初登場ですから、話題性バッチリですよ」

自慢げに語る担当者を尻目に、なぜかハルたちは困惑気味だ。

——どうしたんだろう?

由姫はニーナというモデルを知らないけれど、担当者の口ぶりからすると、アメリカではかなり人気があるのだろう。なのにハルたちはあまり嬉しそうに見えない。

なんだか変だと思いつつ様子をうかがっていると、こちらをチラリと見たノアが、『おい』とハルに目配せする。

ハルもこちらを一瞬だけ見てから、ノアに『彼女にはあとで話す』と短く告げた。

——えっ、どういうこと?

けれどその後は普通に仕事の話になり、由姫は主にノアの通訳に集中していたため、その件については頭から遠ざかっていたのだった。

＊＊＊

「由姫、前にも話したと思うけれど、ニーナは俺の幼馴染(おさななじ)みなんだ」

帰りのハイヤーに乗りこんだ途端ハルにそう言われ、由姫はようやく〝ニーナ〟についての記憶に思い至った。

――そうか、モデルの〝ニーナ〟は、ハルがあの日一緒にプロムに行くはずだった、幼馴染みのニーナだったんだ。

どこかで聞いたことのある名前だとは思っていたが、九年も前に聞いた、会ったこともない人物とはすぐに結びつかなかったのだ。

「それで、彼女と俺は……」

そこまで話したところで、ハルが「んっ？」と言って胸の内ポケットに手を入れスマホを取り出した。マナーモードにしてあった電話が振動したらしい。

スマホを耳に当て、しばらく先方の言葉に耳を傾けていたが、突然『はぁ？　もうこっちに向かってるって⁉』と声を大きくした。

『俺がこっちにいるって、どうしてバレたんだよ。……やっぱり父さん経由か。うん、ちゃんと由姫と合流できてるよ。えっ⁉』

そこまで言うと、ハルは「俺の姉さんのナツミ。由姫と話したいって」とスマホを差し出してきた。

――ナツミさん！

由姫にとっては恩人だ。慌ててスマホを受け取り耳に当てる。

「こんにちは、ナツミさん？」

【……ユキ？　わぁ、久しぶり。元気にしてる？】

「ニューヨークではお世話になりました。おかげさまで私は今、通訳をしていて……」

【うん、知ってる。私は由姫の味方だから、絶対ニーナに負けちゃダメよ！】

相変わらず流暢（りゅうちょう）な日本語だ。

――あれっ？　今、知ってるって言った？

ハルから聞いたのだろうか、彼女はすでに、由姫が通訳をしていることを知っていた。それに、味方とか負けるなとか、どういう意味なのだろう。

首を傾（かし）げながらハルにスマホを返すと、彼は二言三言会話をしてからナツミとの電話を切った。

『おい、なんだったんだ？』

そう一誠に聞かれ、ハルは顔をしかめながら、『ニーナがもうすぐ日本に着く』と忌々（いまいま）しげに告げる。

『モデルとして堂々と日本まで追いかけてくるなんて、さすがニーナといったところか。相変わらずおまえに夢中だな』

『えっ？』

一誠の発言に由姫が思わず声を出すと、隣でハルがサッと顔色を変えた。

『おいっ、一誠！　……由姫、違うんだ！』

浮かれていた気持ちに冷水をかけられた気分だった。

ハルは九年前も今も、ニーナを〝幼馴染み〟だと言った。けれど、そうか、ニーナにとって
ハルは、ただの幼馴染みではないということなのか。

『違うんだ、由姫、聞いて！　ニーナは俺にとって妹みたいなもので、そんなんじゃないから！』

『わざわざ弁解しなくても……私には関係ないので』

途端にハルが表情を曇らせる。

——あっ、傷つけた。

こんなふうに突き放した言い方をしなくてもよかったのに。

自分はハルの想いに応えることもないまま放置しているくせに、ほかの女性の影が見えただ
けでこんなにも動揺するだなんて、ずいぶん自分勝手だなと思う。

ハルと二人で気まずく黙りこんでいると、後部座席からノアの柔らかい声がした。

『ユキ、僕たちもニーナを知っているけどね、ハルは彼女に、本当に妹のように接してるんだよ』

『だけどハルがハッキリと拒絶しないからこういうことになってるんだろ？』

ノアのフォローに一誠が横槍を入れ、二人が睨み合う。

『一誠、君はハルとユキをこじらせたいの？』

『こじらせてるのは俺じゃなくてハルだろう』

この二人は本当にキャラが正反対だ。初日の車内同様、今回もこの二人を揉めさせているのが自分なのだと思うと申し訳ない。

『あの、本当に私は気にしていないので……』

そのとき再びハルがスマホを見た。また電話らしい。

彼がスマホの画面をタップすると、通話口から『ハル？』と微かに女性の声が漏れてきた。

その言葉で皆が一斉にハルに注目する。

『えっ、ニーナ!?』

少しハスキーな色気のある声。

ハルがスマホに向かって話しかける。

『ニーナ、どうして相談もせずオーディション……えっ、もう空港？　はぁ？　そんなのホテルまでタクシーで……っ、おい！』

電話が切れるとハルは一つため息をつき、『もう日本に着いたそうだ。空港まで迎えに来いって』と気まずそうに皆の顔を見渡した。

『あっ、それなら私は電車で帰ります』

相手がすでに空港に着いているのなら、急いだほうがいいだろう。車から降ろしてもらうよう頼むと、なぜだかハルが首を横に振る。

『由姫も一緒に来て』

手を握って見つめられた。

『いえ、私は部外者ですし……』

『俺にとっては部外者じゃないから。ニーナを幼馴染みとしてちゃんと紹介する』

『でも……』

困惑顔でうしろのノアと一誠を振り返ると、二人とも肩をすくめて『付き合ってあげて』と言った。


空港ではすぐにニーナを見つけることができた。白いダボっとしたロングセーターにスキニージーンズ、上に黒いロングコートを羽織った彼女は外で壁にもたれてスマホを見ている。サングラスをしているが、そのすらりとしたモデル体型は人目を引いており、道行く人がチラチラ振り返ったり遠くから写真を撮ったりしていた。

──ハルもそうだけど、綺麗な人は何をしても目立ってしまうものなんだな……。

ノアや一誠といい、このニーナといい、ハルの周囲は有名人揃いだ。華やかなところには華やかな人が集まるということなのだろう。自分だけ場違い感が半端ない。

空港の車寄せにハイヤーを停めると、ハルが車から降りてニーナの元に駆け寄る。

人数が増えるなら自分は助手席に移動したほうがいいだろう。由姫がそう考え車から出たところで、ニーナが笑顔でハルに抱きつくのが見えた。

まるで映画のワンシーンみたい。お似合いな二人の姿に胸がズキンと痛む。

ハルがニーナのスーツケースを引いて戻り、それを運転手がトランクに詰めこむ。その間にニーナが車内に入ってきた。

後部座席のノアと一誠に『ハイ！　久しぶり！』と挨拶をして席に座ったところで、前にいる由姫に気づく。彼女は一瞬動きを止め、『あなた、誰？』と早口の英語で聞いてきた。

『はじめまして、私は通訳の天野由姫です』

『ふ～ん、若いのね。何歳？』

『二十六歳です』

『イヤだ、もしかして私と同じ学年⁉　しかも年齢より若く見えるじゃない。ノア、すぐに通訳をチェンジしてちょうだい』

——えっ⁉

由姫が唖然としているところに、ハルが戻ってきた。彼は助手席に移動していた由姫に怪訝な表情をしつつも席につく。

車が走りだしたところでノアが口を開いた。

『ハル、君の可愛い幼馴染みが、今すぐ通訳を変えろだってさ』

『はぁ!?』

ハルが険しい表情でニーナを睨みつけるも、彼女はそれに動じることなく笑顔を見せる。

『だってハルのそばにこんな若い子を置いておけないわ。絶対にあなたを好きになっちゃうじゃない。付き纏(まと)われる前に男性の通訳に変えるべきよ』

『ニーナ、由姫に失礼なことを言わないで。彼女に付き纏ってるのは俺のほうだから』

『えっ、何よそれ、どういうこと?』

意味がわからず訝(いぶか)しげな顔をするニーナに、うしろからノアが補足する。

『ニーナ、ユキはただの通訳じゃないんだよ。ハルは彼女に会いたくて日本に来たんだから』

『そう、そう。プロムでの運命の出会いから九年越しの再会だってよ。このユキは肝(きも)が据わってるし仕事もできる素晴(すば)らしい女性だぜ。ニーナ、残念だったな。ハルはもう彼女のもんだ』

一誠が追い討ちをかけると、ニーナが目を見開いて由姫を見る。

ユキが慌ててうしろを向いて、『いえ、私はただの通訳で……』と弁明しようとするも、途中でハルに遮(さえぎ)られてしまう。

『ノアや一誠が言うとおり。ここにいる由姫は優秀な通訳だし、俺の大切なステディなんだ。頼むからいじめないで』

――ええっ、ステディ!?

『いえ、違うんです、本当に！』

『ごめん、早まった。……えっと、もうすぐステディになってもらう予定の人だから』

――ちょっ、も、もうすぐ……って！

由姫に向かって照れ笑いをするハルを見て、ニーナが顔色を変える。

『そんな！　だって私がハルに会いに行くって言ったら、あなたのお父さんのクリスは〝頑張っておいで〟って言ってくれたわよ！』

『俺の父親がそういう人だって知ってるだろ。あの人は深く考えずに、なんでもニコニコ笑ってうなずくんだ』

ニーナが下唇を噛(か)んで、キッと由姫を睨みつけた。

『私はあなたなんて認めない！　ハルには私というフィアンセがいるの！』

『おい、ニーナ！　……由姫、違うんだ！』

『違わない！　私は親に認められた、ハルのフィアンセなの！　私のハルにちょっかいをかけたら、絶対に許さないから！』

――フィアンセ……。

その言葉を聞いた途端、スッと自分の気持ちが冷えこむのがわかった。

——なんだ、そうだったんだ。

好きだって、ステディになって……って言ったのに。待つって言ってくれたのに。

親が決めた相手がいるのなら、そんなのどうしようもない。

だってハルと由姫は違う世界の住人。華やかな場所にいる人には、やはり華やかな人がふさわしいのだ。

『そうですか……ご心配なく。私は依頼された仕事をしているだけですから』

『由姫！』

その後、車内では由姫がいないかのように、ニーナがハルに話しかけ続ける。

縋(すが)るようなハルの瞳を見ないようにして、由姫は前を向いた。

彼女はホテルの部屋の確保もせずに来たようで、慌ててハルが自分と同じホテルのスイートを予約していた。

『え〜っ、私はハルと同じ部屋でいいんだけど』

『バカっ、そんなことさせるか』

『だって日本にいる間、性欲をどうやって発散させるのよ。こっちじゃ適当な子と遊んでポイ捨てもできないでしょ』

『ちょっ！　おまえ、由姫に誤解させるようなことを言うなよ！　こっちでも向こうでもポイ捨てなんかしてないから』

『え～っ、たいして好きでもないくせにアプローチされたら付き合って、すぐに別れてたじゃない。それで結局最後は私のところに帰ってくるんだわ』

『それは……若いころの話だろ。それに遊んでたわけではないし、ニーナのところに帰った覚えもない』

そんなやり取りを散々聞かされ続けたあと、由姫はいつもの最寄り駅でハイヤーを降りる。お辞儀をして歩き出そうとしたところで、車から飛び出してきたハルに手首を掴(つか)まれた。

「由姫、本当に違うんだ、ちょっと聞いて！」

由姫がその手を勢いよく振り払う。

「早く戻ったらいかがですか、ニーナさんが待ってますよ」

するとハルはため息をついて、切なげに眉尻を下げた。

「俺はどうしたらいいのかな……話も聞いてもらえないんじゃ、弁解のしようがない」

「……弁解なんて必要ないわ」

「えっ？」

「前に言ったこと、忘れてください。私の返事はもう待たなくていいです」

「それ、どういう意味……」

「あなたは日本での仕事を頑張る。私は契約期間中だけそのお手伝いをする、それだけです。じゃあ」

そのときニーナが現れて、ハルの腕にしがみついた。

『ハル、みんなが待ってるわよ、早く行きましょうよ！』

『ちょっ、ニーナ、離せよ！　あっ、由姫、待って、まだ話が！』

その声を無視して歩き出すと、「二人きりでゆっくり話したい！　あとで電話するから！」という声が聞こえてきた。立ち止まって振り返る。

「仕事以外の電話はやめてください、困りますから」

——だって、ニーナの言葉が本当かどうかなんて関係ない。

結局は上流階級の人間に囲まれて、自分が勝手にコンプレックスを感じているだけなのだ。

もしもハルが自分に向けてくれる気持ちが本物だとしても、どう考えたって釣り合いが取れないと思う。

ハルが呼び止めるのを無視して、由姫は足早にその場から立ち去った。

翌日からはニーナも一緒に行動するようになり、ハイヤーではハルの隣を陣取っていた。

どこに行くにもハルにベッタリくっついていて、彼が由紀に話しかけようとすると間に入って邪魔をする。

由紀も意識してハルと二人きりにならないようにしていた。ニーナに睨まれたくはない。

ニーナを見ていると、その姿が留学時のお世話係、アリスと重なる。常に由姫を見下していたあのキツい目つきを思い出し、まるで自分が惨めだったあのころに引き戻されるような気持ちになるのだ。

そして何より、二人が仲良くしている姿を見てイライラする自分もイヤだった。そんなものに動揺せず、仕事に集中したいのに。

そんなふうにすごしながら、とうとうオーディション当日を迎えた。

オーディションの審査員はハルとノアに一誠、そして広告代理店の担当者の計四名だ。

十一名の候補者との面談、そして実際にポージングやウォーキングを見てからハルと並んでポーズをとってもらう。

素人の由姫が見ていてもその差は歴然だった。どう見てもニーナが断トツで輝いている。

小悪魔的でコケティッシュ、けれど猫のように相手を射すくめる瞳は決して媚びることなく。

彼女なら同性からも支持を集めるに違いない。

自信に溢れるその姿は、ハルと並んで立ってもとてもお似合いだ。

――やっぱりニーナが選ばれるのかな。

イヤだな……と考えた自分にハッとした。

ハルの新ブランドの成功を祈っているくせに、それよりも自分の気持ちを優先させるなんて、とんでもない。

ずっと通訳と翻訳の仕事に邁進(まいしん)してきたのに。

休日に友香里や玲子と出かけたり自分磨きの講習会に行ったりできれば、それで満足だったのに。

期待して裏切られるのはとても怖い。だから多くを望まないように生きてきたのだ。

実際ハルのことだって、絆(ほだ)されかけた途端にニーナが現れた。

——大丈夫、ハルに再会する以前の私に戻るだけのこと。

由姫は苦笑しながら首を横に振ると、オーディションの様子をジッと見続けたのだった。


案の定、モデルに選ばれたのはニーナだ。

その週末の土曜日には、お世話になった広告代理店の社長や担当者、日本でこれからお世話になる関係各社のお偉方を招いてパーティーが開かれることになっており、そこに由姫も同行するようハルに言われた。

「パーティーにはこれを着てきて」

そうハルに渡されたのは、あの日ナツミの店で見繕ってもらったドレスに似た色合いの、ベルト付きラップドレス。『Dear my』の試作品だそうで、裾の軽やかなレースパネルが特徴的だ。

こちらの経済状況を知っているわけではないだろうに、紙袋にはドレスに合わせた靴やバッグ、小物一式も一緒に入っている。

たかが通訳がそこまでお世話になれないと固辞したものの、それもブランドの宣伝になるからと押しつけられてしまった。

「プロムの夜の再現だね」

と言われて少し心を躍らせてしまう自分がチョロいなと思う。

土曜日のパーティー当日、由姫を迎えにきたハイヤーに、ほかのメンバーの姿はなかった。彼らは準備のため、一足先に会場となる銀座の高級ホテルに向かったのだという。

由姫が目的のホテルに到着すると、すぐに控室に行くようフロントクラークから場所の説明をされる。そこに向かうとニーナが鏡に向かって座っており、ヘアメイクアーティストに髪を整えられている最中だった。

『あの、フロントでここに来るよう言われて……』

『ええ、あなたはここで私の通訳をするのよ。日本語を話せないから着替えに困るだろう？ってハルが。ふふっ、彼って心配性よね。それくらい一人でも大丈夫なのに。あっ、これはわざわざ通訳しなくてもいいわよ』

ニーナは鏡に映る由姫に向かって口角を上げると、一人で勝手に話をはじめる。

『ハルと私の両親が長い付き合いの親友でね、今も家族ぐるみでお付き合いしてるの。ハルのご両親が私のことを気に入っていて、小さいころから『ハルのお嫁さんになって』って言われ続けてきて。私もハルのことが大好きだから、もちろんそのつもり』

そう、つらつらと言葉を続ける。

ハルは昔からとてもモテていて、数多くの女性と付き合ってきた。それでもいつもニーナを特別扱いしてくれた。彼が最後には自分のところに戻ってくるとわかっているから、彼が浮気したって構わない――。

『今回もちょっとした気まぐれだろうし、私は全然気にしてないんだけどね。ただ、あなたのことが心配で。だってほら、彼はもうすぐニューヨークに帰っちゃうわけだし、火遊びにしても期間が短いじゃない？　本気になった途端に捨てられちゃうなんて可哀想で』

心配という割にはとても嬉しそうだ。彼女は自分とハルの絆によほど自信があるのだろう。

『あっ、そうそう。パーティー会場ではあまりハルに近づかないでちょうだい。今日のパーティーの主役は私とハルで、ブランドの宣伝も兼ねているの。変な女がうろちょろしていると、ハルの評判が落ちちゃうでしょ』

もう通訳は必要ないと言われて、由姫は黙って退室するしかなかった。

――私はここに、何をしに来たんだろう。

ニーナに通訳はいらないと言われ、かといってハルの元に行くわけにもいかない。

もう帰りたい、でも勝手に帰ってもいいのだろうかと窓際のソファーに座って考えていると、ちょうど会場から出てきたスーツ姿の一誠と目が合った。

「おっ、ユキ、到着してたのか。ハルは会場の奥で係の人と話をしているが、もう少ししたら終わると思うぞ」

「ううん、ハルを待ってるわけじゃないの。私は今日はニーナさん専属だから」

そこで一誠が怪訝な顔をする。

「ユキがニーナ専属？　そんな話は聞いていないが」

「ハルがニーナさんを心配してのことらしいわ。でも彼女が通訳は必要ないと言ってたし、用がないのなら帰ろうかと……」

「何を言ってるんだ。ハルは君のドレス姿を楽しみにしてるのに」

「でも、お邪魔になってはいけないし」

一誠は「くそっ、あの女……」とボソリと呟いてから、腕を組んで何か考えていた。そして顔を上げると、由姫に右手を差し出してくる。

「それなら俺と一緒にいればいい。ノアだって君がいてくれたほうが助かる。さあ、行こう」

一瞬迷ったけれど、その優しさに甘えて一緒に会場に入ることにした。


会場は立食形式で、隅に置かれた長テーブルにはたくさんの料理が並んでいる。すでに大勢の招待客が入っていて、それぞれ知り合いと歓談をはじめていた。

奥のほうでノアがインド人らしい男性と英語で会話をしている。一誠に手を引かれた由姫が彼らに合流すると、それに気づいたハルが一段上がった低いステージから小さく手を振ってきた。細身のスーツがとても似合っている。彼の屈託のない笑顔に、由姫は作り笑いでお辞儀した。

しばらくすると会場内が薄暗くなり、ハルにスポットライトがあたる。

「皆様、本日は『Dear my』の発足記念パーティーにご参加いただきまして、どうもありがとうございます。おかげさまで半年後の展示会とその後の販売に向けて、準備は順調に進んでおります。今夜、皆様にはそのお礼として、ここで思う存分食べて飲んで楽しんでいただければと思っております。まずはその前に、『Dear my』のモデルを紹介させてください。アメリカで活躍中の人気モデル、ニーナ・アベルソンさんです」

ファッション業界ではすでに有名なのだろう。彼女の名前が挙がった途端、会場内で「おおっ」と驚きの声が上がる。

ステージの奥でスポットライトが灯ると、その光の中に黒いドレスを着たニーナが立っていた。ノースリーブのマーメイドドレスはトップ部分に絹糸で細かい刺繍が施されており、サテン生地のスカートは裾が斜めにカットされている。彼女が歩くと裾がヒラヒラと揺れて、まるで金魚の尾びれのようだ。

ステージ中央で待ち受けるハルが右手を差し出すと、ニーナが彼の手のひらに指先をそっと乗せる。見つめ合い微笑み合って、揃って正面を向く。

「ノア、一誠も、こちらへ」

ハルに名前を呼ばれた二人がステージまで歩いて行き、それぞれハルとニーナの両側に立つ。

「フォトグラファーの真野一誠と、デザイナーのノア・ホワイトです。ここに新たにニーナを仲間に加え、我々の作品は最高の布陣で日本デビューを果たすことができます。これからさらにクリエイティブで魅力的な作品を生み出していきたいと思っておりますので、どうか皆様、今後ともお力添えをよろしくお願いいたします」

ハルの挨拶が終わると、場内が大きな拍手と歓声に包まれる。

ステージで微笑み合う四人が、由姫にはとても眩(まぶ)しく映った。

——本当にすごい……。

自分は新しい発想なんて考えたこともないな……と思う。

両親を失ってからは、ただ毎日をすごすのに必死で、目の前に与えられた仕事をこなすのに精一杯で。何かを作り出そうとか違う道を切り開こうだとか。そんなものは生活に余裕がある人の特権だ。

――イヤだ、私ってば卑屈になってる。

違う、どんな環境であろうとも斬新な発想ができる人はいるし、その気になれば自分で道を切り開いていくことだってできるのだろう。

――ただ私にその勇気と力がないだけで。

ハルは社長でありクリエイター。二十八歳という若さでそれを成し遂げたのは、それなりの実力があるからだ。そしてそのかげでは人知れず苦労や努力があったに違いない。

羨ましいな……と思うと同時に、なんだかとても遠い人なのだと感じた。

――通訳の仕事、早く終わってしまえばいいのに。

こんなふうに思うのは、仕事を始めてからはじめてのことだ。

通訳をした相手に感謝されれば嬉しいし、長く付き添っていれば情も移る。お別れするときにはいつも寂しく感じるものだけど……今はただ、つらいだけ。

けれどそうやって悩むのも、あと十三日間のこと。

そう、ハルたちはクリスマスイヴの二十四日、アメリカに帰国する。

早く元の日常に戻りたいと思いつつ、ハルとの別れを考えてこんなにも胸が苦しくなるなんて、矛盾だらけだ。

笑顔で人々の間を練り歩くお似合いの二人を眺めながら、由姫は首を横に振って苦笑した。

パーティーが終盤に差し掛かったころ、酔いのまわったノアが一足先に帰ることになった。彼をタクシーに乗せ車寄せで見送った後も、由姫は会場に戻る気にならず、そのまま柱にもたれて立ち尽くしていた。

由姫もノアと一緒に飲まされていたので、そこそこ酔っている。頬に当たる冷たい夜風が心地いい。

――ノアがいないのなら帰ってもいいかな。

そう考えて振り向いたとき、ちょうどエントランスからハルとニーナ、そして一誠が出てくるのが見えた。パーティーが終了したらしい。

目の前にいつものハイヤーが横づけされ、ニーナが乗せられる。

そのとき彼女がチラリと由姫を見上げ、そしてハルの首に抱きつきキスをした。

『おいっ、ニーナ！』

ハルが口を拭(ぬぐ)いながら慌てて由姫を見る。由姫は彼と目が合う前にホテルに向かって駆け出していた。

「由姫、待って！」

うしろから呼び止めるハルの声がする。けれど止まりたくない。

頭がカッカする。この感情は怒りなのか悲しみなのか、その両方なのか。

もうなんでもいい、とにかく彼から離れなければ。

行き先も考えずにエレベーターに飛びこみ『閉』ボタンを押す。けれどドアが閉まる直前にすらりとしたハルの長身が飛びこんできた。外に出ようとするも彼に行く手を阻まれる。

ドアが完全に閉まると、ハルはセンサーに高層フロアー専用のカードをかざして五十階のボタンを押した。

「止めて。外に出して」

「イヤだ」

「どうして？　ただの通訳なんか放っておけばいいじゃない」

「由姫はただの通訳なんかじゃない。それに、好きな子を泣かせて放っておけるはずないだろ」

――えっ、泣いて……？

慌てて自分の頬に手をやると、指先に生暖かい雫が触れた。

エレベーターが止まり、ハルに手首を掴んで引っ張られる。

「どこに行くの⁉」

「部屋を取ってある。ゆっくり話そう」

「イヤっ！　彼女のところに行けばいいじゃない！　私は話すことなんてない！」

手を振りほどこうと抵抗すると、突然抱き寄せられ、唇を奪われた。

「イヤっ！」

パシッ！

思わず彼の頬を勢いよく叩いていた。乾いた音が廊下に響く。

「あっ、私、ごめ……」

一瞬で後悔する。モデルの顔を傷つけるなんて、とんでもないことだ。

自分の行動に愕然とする由姫を、ハルは表情を変えることなく見下ろしている。

「こんなのは、たいしたことじゃない。それよりも、お願いだから話を聞いて。そのあとで文句があるなら殴るなり蹴るなりすればいい」

そう言ってまた手を引かれ、客室に連れこまれた。

そこはＶＩＰ用のエグゼクティブスイートで、ハルが滞在している部屋に負けず劣らずの高級感溢れる造りになっている。

由姫をソファーに座らせて、ハルが隣に座ってきた。由姫が少し腰をずらして距離を空けると、彼が小さくため息をつく。

「どうして逃げるの？」

「逃げてなんか……」

「俺から顔を背けないで」

うつむいたままでいると、両肩をつかんで顔をのぞきこまれる。

「どうして泣いてるの？　俺がニーナにキスされたのが、そんなに悲しかった？」

「それはっ！」

思わず顔を上げた由姫を、ハルの切なげな瞳がジッと見つめる。

「由姫、一誠から聞いたよ。ニーナに何か言われたみたいだけど、俺はニーナに通訳をつけた覚えはないし、フロントにも何も頼んじゃいない」

「えっ、嘘っ！」

「それにさっきはニーナを先に帰らせようとしていただけ。今ごろ彼女は一誠に送られていつものホテルに戻ってるはずだ」

ハルは元々ここに部屋を取っていたので、ニーナと帰るつもりはなかったのだと言う。

思いきり勘違いして動揺した自分が恥ずかしい。

「けれど、ニーナに感謝だな。おかげで由姫の気持ちがわかった」

「えっ……」

「由姫は、そんなにも俺とニーナとのキスがイヤだったんだね」

なんと答えるべきかわからず黙りこむ。

「あんなのは酔っ払いに絡まれた不可抗力。唇がぶつかっただけだ」

「でもっ！」

ハルは瞳を柔らかく細めると、両方の手のひらで由姫の頬を包みこむ。親指で目尻の雫をそっと拭ってくれた。

「あんなものでも由姫にはショックだったんだよね、泣いて逃げ出しちゃうほどに……」

「それはっ！」

「由姫、そういう感情をなんて呼ぶのか知ってる？」

ハルが手を止めたかと思うと、その表情が真剣なものに変わる。形のいい唇がゆっくりと動いた。

「ジェラシーだ」

――ジェラシー……嫉妬。

心の奥底に押さえつけていた本心を鷲掴みされ、目の前に突きつけられた気がした。

「私は……」

「あんなのはキスなんかじゃない。全然違う」

言いながら彼の顔が近づいて、唇が重ねられる。

最初は啄むように、そして次は唇の隙間から舌が差しこまれ、上顎をゆっくりと舐めまわす。

そこから甘い痺れが広がって、全身が粟立った。

「あっ、ん……」

舌が絡められ、唾液のまざる水っぽい音が聞こえる。

ハルは執拗に唇を貪り、由姫の口内を蹂躙し続けた。

由姫が弱々しく彼の胸を押すものの、そんなのは形ばかりでなんの抵抗にもならない。

――ううん、もう抵抗する気なんて……。

きっと、ずっと前から自分はこうされたかったのだ。

ニーナとのキスを見た瞬間、いや、ハルと再会したあのときにはもう。

――違う、九年前の出会いから、私はとっくにハルに囚われてたんだ。

今、改めてそう実感する。

身体の力をそっと抜くと、それに気づいたハルにゆっくりとソファーに倒される。

「ふっ……ぷはっ！」

息が苦しくて首を振ったところでようやく唇が解放された。慌てて酸素を吸いこみ呼吸を整える。

覚悟を決めて目を開ける。そこにはハルの熱のこもった瞳があった。

「わかった？　これが愛のある本当のキス」

「愛……」

「そう。由姫、愛しています」

その言葉を聞いた途端、涙腺が崩壊した。

九年前のあの夜が蘇る。

今よりも、もっとたどたどしかった『アイシテイマス』。あのときと同じように、いや、それよりも強烈な感情が胸の奥から湧き上がる。

「私も……」

「えっ？」

「私も、ハルが好き……愛しています」

その言葉を発した瞬間に、彼が大きく目を見開く。

「由姫、俺を……愛してるって言った？」

「ええ、私は九年前も今もハルが好き。あの日からずっと……あなたのことを、愛してる」

うなずきながらそう告げると、目の前でヘーゼルアイが大きく揺れた。それはみるみるうちに水の膜で覆われて、瞬きとともに由姫の顔に雫を落とす。

「由姫……っ、愛してる、本当に」

「うん」

「由姫……っ！」

再び唇が重なると、今度はすぐに深く激しいものになった。ペチャッ、クチュッと湿った音を立てながら、二人の舌が絡み合う。

由姫がみずから舌を伸ばし彼の歯列をなぞると、ハルが「はっ……」と甘い吐息を漏らした。

彼が身体を起こし、素早く立ち上がる。

由姫の背中と膝裏に腕を差し入れて持ち上げると、お姫様抱っこして歩きだす。

「ハル？」

「ベッドルームに行く」

その言葉で、由姫にもこの先に起こることが予想できた。愛の告白をした大人の男女がベッドに向かう、それはすなわちそういう意味なのだろう。

「由姫を抱きたい。九年分の想いをこめて」

少し掠(かす)れた声で囁(ささや)かれる。

由姫はコクリとうなずいて、彼の首にしがみついていた。

ベッドルームに入ると、大人が三人は寝られそうなキングサイズベッドが目に飛びこんできた。ハルはそこにゆっくり由姫を下ろし、すぐに上から覆い被さってくる。

「ちょ、ちょっと待って！　シャワー！　こういうのって、最初はシャワーじゃないの？」

自分は未経験なので定かではないが、テレビドラマや映画では、シャワーを浴びるシーンがあったはずだ。

それに今日はパーティーで動きまわった上についさっき全力ダッシュしたばかり。きっと汗をかいている。

由姫が声を小さくしながらそう告げると、ハルが弾かれたように起き上がり、片手で自分の口元を覆う。

「えっ、未経験って……つまり、ヴァージン？」

ハッキリ言われると恥ずかしいが、嘘をついてもどうせバレることなので、素直にうなずく。

さらに言うと恋人がいたこともなかったので、それも正直に付け足した。

黙ったままのハルを見て、急に心配になってくる。処女なんて面倒だと思われたかもしれない。

「ヴァージンだと、やっぱり困る？」

ハルは口を覆ったままフルフルと首を横に振る。

「……い……です」

「えっ？」

彼の言葉がくぐもっていて聞こえない。

不安になり耳を傾けると、今度はハルは口から手をどけて大きな声で叫んだ。

「とても嬉しいです！」

「キャッ！」

再びお姫様抱っこで連れ去られ、脱衣所で全裸にされる。恥ずかしがる間もないくらいの手際よさで、あれよあれよという間にバスルームに連れこまれていた。

ハルがシャワーのハンドルをひねり、お湯を出してから由姫に向かい合う。白い湯煙の中、彼の彫刻のように引き締まった肉体美が目に入ってくる。着痩せするのか、実際の身体はほどよく筋肉がついていて逞しい。

そして下半身には……コブラのように鎌首をもたげる立派なハルの屹立があった。

——えっ、ウソっ、大きい！

男性のソコを目にするのははじめてだけど、それでもかなりの大きさなのは歴然だ。おまけにグンと反り返って天井を向いている。

ハルを見上げると、彼の照れたような瞳とばっちり目が合う。

その時点で由姫はようやく自分の現状を把握した。お互い全裸で、自分はハルのモノを凝視していて、おまけにジッと見ているその姿をハルに見られてしまった。

「キャアっ！」

恥ずかしくてどうしたらいいのかわからない。とりあえず両手で顔を覆い、胸と顔を必死で隠す。

けれどハルがその手首を掴み、すぐに由姫の顔から引き離した。そのまま至近距離から見つめられる。

「由姫、ちゃんと俺を見て。俺の身体は由姫に興奮してこうなってるんだよ」

「……恥ずかしい」

「恥ずかしくてもいいから隠さないで、俺にも由姫を見せて」

その言葉に身体の力を抜くと、ようやくハルの手が離された。身体の横に手を下ろし、お互いジッと見つめ合う。

彼の視線が上から下にゆっくりと移動し、また由姫の顔に戻ってきた。

全身がこんなに熱いのは、湯気のせいだけではないだろう。

下半身がジワリと潤（うる）むのを感じ、自分の身体が淫（みだ）らに変わっていくのがわかった。

「由姫……とても綺麗だ」

——よかった。

はじめて見せた裸の姿に失望されなかったことに安堵する。

「ハルも、とても綺麗」

「うん、ありがとう。由姫の身体に触れていい？　俺に洗わせて」

黙ってコクリとうなずいた。恥ずかしいけれど、ハルにだったら任せてもいい。ううん、触れてほしいと思ったから。

ハルが手にハンドソープを垂らし、両手で泡立ててから由姫の両肩を撫でる。そのままス～ッと手首まで降りていき、また肩まで戻る。

彼がゴクリと唾を呑みこんだ。その男らしい喉仏を見ているうちに、彼の手が鎖骨を伝い、胸に触れる。

「あっ！」

大きな手のひらで膨らみを包まれた途端、鼻にかかった声が出てしまった。同時に彼の漲り(みなぎ)がピクンと跳ねる。顔を上げると恥ずかしそうな彼と目が合う。

「由姫の声が可愛くて、それだけでイっちゃいそう」

その言葉に由姫の子宮がキュンと収縮した。

身体の奥から疼きが湧き上がる。もっと触れてほしい。そして自分も彼に触れたい。

勇気を出して抱きついてみたら、ハルがキツく抱きしめ返してくれた。

ハルのカチカチの漲りがお腹に当たる。興奮してくれている、それが嬉しい。

「由姫……っ！」

彼の手がお尻をまさぐり鷲掴む。片手で後頭部を抱えられ、激しいキスを交わす。

彼の右手が腰のラインをたどり、前の薄い繁みに触れた。

重ねた唇の間で由姫が「んっ」と声を漏らすと、いったん唇を離したハルが、「大丈夫、気持ち快くするだけだから」と告げてまた舌を絡めてくる。

——あっ！

そのとき、彼の長くて細い指が割れ目に触れた。媚肉を器用に開いて人差し指で撫であげる。

生まれてはじめての刺激。電気が背筋を伝うみたい。

「あっ、やっ……」

「これ、気持ち快い？　痛くない？」

指の腹で割れ目を何度も往復しながら、いつもより甘ったるい声で問いかけられる。

「んっ、あ……っ」

言葉にならない短い声を発しながら、由姫はコクコクとうなずいた。

クチュクチュと水音が大きくなる。それが自分のナカから溢れている愛液のせいだとわかり、羞恥で顔が熱くなる。

けれど快感を求める気持ちのほうが強く、ハルにしがみつき、その胸に口づけた。

「はっ……由姫、そんなふうに煽られたら……もう我慢できない。壁に手をついて」

うしろ向きにされ、言われるまま白い壁に両手をつく。

背中から抱きついてきたハルが前に手を回し、左手で胸を揉み上げ、右手で割れ目の上の小さな粒を弄りはじめた。指の腹に愛液を纏うと、粒の表面をクルクルと丸く撫でる。

「やっ、あっ……あんっ！」

思わず足を閉じ腰を引こうとすると、彼の膝が脚の間に割り入り、左腕が腰を抱えて引き寄せる。

「逃げないで、気持ち快くなってイけばいい」

「やっ、恥ずかし……っ」

「大丈夫、俺も一緒にイくから」

由姫のお尻の谷間に生暖かいものが押しつけられた。ハルが漏らした色っぽい吐息で、それが彼の屹立なのだと気づく。

熱く硬い肉の塊がお尻の割れ目を上下する。同時に由姫の粒をこする彼の指が激しさを増す。

――やだ、なんだか変！

身体の奥の奥からジワジワと迫り上がる何か。それはあっという間に勢いを増し、全身を覆い尽くす。

「ハルっ、やっ、変っ！」

「由姫っ、俺も……っ！」

「あっ、ダメっ、あ……っ、ああ——っ」

ハルが腰の動きを速くして、そして漲りを押しつけてピタリと止まった。

「うっ……由姫っ」

二人の声が重なったその瞬間、背中に生暖かいものがほとばしる。

由姫が脱力しガクンと膝を折ると、ハルが抱えてゆっくり床に座らせてくれた。ぺたんと腰を下ろし、肩で息をする。

「こんなの、はじめて……」

思わず呟いたら、前からハルがギュウッと抱きしめてくれた。

「俺も、こんなに興奮したのは、はじめて。ヤバい」

「ふふっ、ヤバいね」

「うん、触れただけでこんななのに、由姫に挿れたら狂うかも」

「狂っちゃうの？」

「うん、嬉しすぎて気持ち快すぎて発狂する。止められなくて、由姫を壊しちゃいそうだ」

「いいよ、止めなくても」

ハッと身体を離したハルと見つめ合う。

ニッコリ微笑んで見せると、彼が瞳を潤ませながら由姫の髪をかき上げ、額にキスを落とす。

「由姫、ベッドに行こう。すぐに繋がりたい」

「私も……」

言うが早いか肩を掴んで立たされて、ハルがシャワーで全身を洗い流してくれた。バスローブを羽織っただけで手を繋いでベッドルームに向かう。

ベッドに上がると、なぜかお互い正座してかしこまる。ついさっき恥ずかしい行為をしたばかりだというのに、今さらながらドキドキしてしまう。

「由姫、一生大事にします。俺にあなたの全部をください」

「こちらこそ、はじめてで不慣れですが、よろしくお願いします」

これではまるで新婚初夜だ。同時にお辞儀してクスリと笑って……ハルにバスローブを脱がされ、ゆっくりとシーツの上に横たえられる。

彼の啄むようなキスが顔中に降り注ぐ。そして耳朶を甘噛みしてから首筋に沿って舌を這わせると、そのまま胸の先端に口づけてきた。

「あっ……」

彼の手のひらが胸を揉み上げ、肌に指を沈ませる。舌でピンクの突起を転がし吸い上げられると、鼻にかかった声が出てしまう。

「んっ、あ……ん」

「由姫、気持ちいいんだね、乳首が勃ってる」

舌で舐めながらフッと笑われると、吐息がかかってこそばゆい。それがまた刺激となって全身の細胞をざわつかせる。

彼の頭が下へ下へとずれていく。柔らかい髪と舌が肌を撫でながら太腿に到達すると、ハルが突然上体を起こして由姫の膝裏を持ち上げた。

「キャアッ！」

大きく脚を開かれて、その中心をハルに見つめられる。

どうにか膝を閉じようとするも敵わない。羞恥でいたたまれず、両手で顔を覆う。

「……とても綺麗だ。本当に誰も触れていないんだね」

顔を隠したまま黙ってうなずくと、「ここにキスするよ」と聞こえてきた。

——キス？

思わず手をどけて見ると、ハルの顔が股の間に沈んでいくところだった。

「えっ、嘘っ……あっ！」

ピチャッという湿度の高い音を立て、彼の舌が割れ目をなぞる。ソコを開かれ、舌が侵入してくるのがわかった。

ゾクッとする快感とともに、奥から愛液がトロリと流れ出す。それをハルの舌が舐め上げながら、奥へ奥へと挿入ってくる。

「あっ、やっ……」

彼は舌でナカを攻めつつ指で蕾を弄りはじめる。指の腹でクルクルと撫で、そして親指と人差し指でキュッとつまむ。

「ああっ！　ダメぇ！」

強い刺激に身もだえる。たまらず膝を閉じようとするも、ハルの頭を挟みこむだけだ。

「由姫のココ、剥き出しになった。バスルームでも弄ってたから真っ赤だよ。とても美味しそう、食べちゃうね」

ハルは嬉しそうにそう言って、再び股に顔を寄せた。

——えっ、食べる⁉

由姫の動揺を尻目に、彼は蕾にチュッとキスをする。舌先で突つき、グルリと舐め上げ、言葉のとおりネットリと味わいはじめる。

「由姫、気持ちい？」

「んっ……あ……っ」

「ちゃんと教えて。由姫の快いようにしてあげたいから。どうされたい？　舐められるの、好き？」

「あ……っ、好き、ハルに舐められるの、気持ちい……っ」

「そう、わかった」

ハルの舌の動きが激しくなる。剥き出しのソコを舌で転がし左右に揺する。

苦しいのか気持ちいいのか自分でもわからない。生まれてはじめての快感に翻弄され、ただひたすら嬌声を上げ続けた。

そのとき、蜜壺に何かが入ってきた。さっきの舌とは違う感覚。それが指だと気づいたのは、ナカで器用に動きはじめてからだった。

ハルの指がゆっくりと抽送しながら、時々内壁をグルリと一周する。また往復してはグルリと一周するのを繰り返し、徐々に内壁を押し広げていく。

指が増やされた。ハルに「痛い？」と聞かれ、由姫は首を横に振る。

先ほど舌でほぐされたからか、ゆっくりしてくれているからなのか、違和感はあるけれど、痛くはない。

浅いところで何かを探るようにしていた指があるポイントを撫でた途端、由姫の腰がビクンと跳ねた。

「あんっ！」

「……ここ、感じる？」

ハルの指の腹が、ソコをサワリと撫でる。

「やぁっ！　ダメっ！」

触れられたその一点から、甘い疼きがジワジワと広がっていく。ジッとしていられなくて腰をひねった。

そんな由姫の反応を確認すると、ハルが今度はソコをグッと指で押し上げた。

「あぁ――っ！　ダメっ、変になっちゃう！」

「いいよ、変になって」

由姫が止めるのも聞かず、ハルはソコを重点的に攻め続ける。加えて外の蕾をペロペロと舐めはじめた。

子宮のあたりから快感の波が押し寄せる。

「あっ、ああっ、もう……もうっ」

「イっちゃう？」

「イっちゃう……っ」

トドメとばかりにチューッと高い音を立てて蕾を吸い上げられると、由姫の目の前で火花が散った。一層大きな声が出る。

「あっ、イクっ……イクっ！」

腰をガクガク震わせながら、由姫は今日二度目の絶頂を迎えた。

強い刺激とその後に襲ってきた脱力感で朦朧（もうろう）としていると、「由姫、挿れるよ」という声が聞こえてくる。

薄っすらと目を開けて見れば、膝立ちで避妊具を装着するハルが目に映った。

改めて見る彼の屹立は、やはり太くて長い。こんなものが自分のナカに入るのかと不安になったが、挿れてほしいという欲求が勝る。

由姫は呼吸を整えて、彼を受け入れるそのときを待った。

薄いゴムを纏った塊が、由姫の入り口にあてがわれる。こすりつけ、愛液を十分に纏わせてから、ソレがゆっくりと蜜口を割って侵入してきた。

ツプン……という感覚があって、彼の先端が挿入（はい）ったのがわかる。次にズッと太いものが挿（さ）し入れられる。

「あ……っ！」

「痛い？」

「大丈夫……」

圧迫感はあるものの、思ったよりは痛くない。これなら耐えられそうだと思っていると、「まだ半分だ。全部挿れるよ」と言われ目を見開く。

——えっ？

ズンッ！

次の瞬間、激しい痛みが起こり、お腹の奥に何かがぶつかる。

「ああ——っ！」

思わず顔をしかめ、大声を上げていた。

まるで肉がメリッと引き裂かれ、恥骨を無理やりこじ開けられたみたいだ。

口を大きく開き、必死で息を吐く。

「由姫、大丈夫？　ゆっくり息をして」

ハルが髪を撫で、心配そうに顔をのぞきこんでくる。下半身は動かさず、そのままだ。

——ハルは動かずに待ってくれている。

由姫の苦痛を考えて、ジッと耐えてくれているのだろう。その優しさが嬉しい。

「ハル、ありがとう。私……あなたと結ばれて嬉しい」

「うん、俺もだよ」

「だから、好きに動いて。私のナカでハルに気持ち快くなってもらいたい」

するとハルは瞳を潤ませ、チュッと短いキスを落とす。

「ありがとう、由姫。だけど俺だけじゃない、二人で一緒に気持ち快くなろう。由姫のはじめては最高の思い出にしなきゃダメだ」

震える声でそう告げて、ハルはゆるりと腰を動かしはじめた。

「は……っ、狭っ……」

自分のナカを彼のモノがギッチリと埋め尽くしているのがわかる。

ハルの苦しそうな表情が切羽詰まっていることを伝えているのに、彼はゆっくりと抽送を繰り返し、時間をかけて由姫の身体をほぐしてくれているのだ。徐々に広げるように、蕩(とろ)かすように。

「あ……っ、はっ、あんっ」

次第に隘路がジンジンしてきて、ハルが動くたびに子宮が疼くようになった。

由姫の漏らす声が甘くなってきたのに気づき、ハルが動きを速くする。

「んっ、あっ、ああっ！」

「由姫……っ、気持ち快い？　俺を感じてる？」

「うん、ハル……気持ちい……っ、ああっ、快いっ！」

舌と指で与えられたのとは別物の快感。身体の奥から媚薬を与えられたかのような甘い刺激だ。

「うあっ、は……っ、由姫が俺を締めつけてる。由姫のナカが気持ち快すぎて、すぐにイっちゃいそうだ」

「ハル、イって、私のナカで……」

「由姫、一緒にイくんだ。ほら、もっと腰を振って」

言うが早いかハルが出口ギリギリまで漲りを引き抜いて、一気に最奥まで突き上げてきた。

パンッ！　と肉のぶつかる音がして、それを合図にハルの腰の動きが激しくなる。

ハァハァと荒い息を吐きながら恥骨がぶつけられる。

由姫の腰も自然に動いていた。ハルの動きに合わせるように腰を突き上げていると、やがて二人のリズムが一つになり、室内にはベッドの軋(きし)む音と二人の漏らす声だけが響く。

「あっ、あっ……やっ、もうダメ、もう来ちゃう……」

「一緒にイこう、俺も、もうすぐ……」

フィニッシュとばかりに抽送が速くなる。ゾクゾクッと全身を快感が駆け抜け、一足先に由姫が絶頂を迎えた。

「あっ、ああ――っ！　もう、イく……っ！」

「うっ、由姫、すごっ……はっ……」

由姫の肉壁がハルの漲りをギュッと締めつけると、ナカで漲りがビクンと跳ねる。それが数回繰り返されたのち、二人は抱きしめ合い、動きを止めた。

「由姫、ありがとう……しあわせだ」

「私も……」

——ハル、ありがとう。はじめての相手があなたでよかった。

汗ばんだ肌をぴったりとくっつけて、身も心も一つに結ばれた喜びを噛み締めて……。

「本当に、しあわせ」

由姫はぽろりと涙をこぼしながら、彼の胸にそっと顔を埋めた。

5、つまり、これが愛　sideハル

目蓋に当たる明るい日差しで目が覚めた。

ゆっくりと目を開け、自分が今いる場所を思い出し……バッと上半身を起こして隣を確認する。

——よかった、彼女はちゃんとここにいる。

隣ですやすやと眠っているのは、紛れもなく本物の由姫だ。

その汗ばんだ肌と額にかかる濡れ髪が、昨夜の情事を物語っている。

「夢じゃないんだな」

思わず声に出していた。

——俺はやっと由姫を、俺のシンデレラを捕まえたんだ。

由姫と再会してから、まだたったの二週間。けれど自分にとっては九年経ってようやくという想いが強い。

プロム翌日のすれ違いから、諦めなければと思いつつも、ずっと心のどこかに引っかかっていた存在。

偶然見つけて、追いかけて再会して、やはり彼女のことが好きだと思った。一緒にすごしてもっともっと好きになった。

そして常に薄いバリアを張り巡らせているような由姫が、昨夜はとうとう感情を露わにしてくれて。

あの泣き顔が、何よりハルへの気持ちを物語っていた。

——これは嫉妬の涙だ！

歓喜で胸が打ち震えた。

そしてその肌に触れ、由姫のナカに迎え入れられた瞬間……感動で心臓が止まるかと思った。

由姫のためならなんでもできる。自分のすべてを与えたいし、彼女のすべてがほしい。

一時だって離れていたくない。けれどたとえ何マイル離れたとしても、心は常に由姫のそばにある。いや、彼女のためならすぐにでも飛んでいく。

そこまでしたいと思える相手に出会えたことが嬉しい。

今ようやくわかった。つまり、これが愛なんだ。

——父親のいい加減な発言やニーナの登場で面倒くさいことにはなったが……まあ、今となっては結果オーライだな。

ハルはここに至るまでの道筋を思い浮かべて苦笑した。

＊　＊　＊

ユダヤ人の血を引くハルの父、クリスは、多くのユダヤ系アメリカ人がそうであるように、生まれながらに莫大な資産を与えられていた。

働かずとも一生贅沢な暮らしができるその環境で、まがりなりにも会社を経営し社長と呼ばれているのは、彼の妻であり、ナツミとハルの母親である舞子の存在があるからだ。

日本生まれの日本育ちであった舞子は、祖母も母親も日本舞踊の師範で、自身も幼いころから踊りに慣れ親しんできた。

その影響もあって、大学生である二十歳の時に異例の速さで師範資格を取得、生徒を持てる立場となる。

しかしすでに後継ぎとなる姉がいて自由な身であったため、もっと広い世界を見てみたいと翌年にアメリカ留学をした。

ニューヨークの大学に通うかたわら日本料理店でウエイトレスのバイトをしていたところ、

客としておとずれたクリスに見初められ、彼からの猛アタックの末に結婚、そのままニューヨークに住むこととなり今に至る。

舞子と知り合ったころのクリスは、家主であり地主であり投資家……つまり先祖から受け継いだ資産の運用で収入を得ていた。賃貸物件や土地の管理は外部委託していたし、株式投資は趣味みたいなものだったので、時間に縛られない自由気ままな身だ。

そんなクリスからのプロポーズを受けるにあたり舞子がつけた条件が、『汗水垂らして働くこと』だった。

家賃収入や株式投資が悪いというわけではない。ただ、クリスのように生まれながらにすべてを与えられ、放っておいても勝手にお金が舞いこんでくる暮らしを当然と思っている人間は、そのありがたさを実感できないし、いざお金を失ったときにとても脆い。

『まずは自分で一から何かを始めて。そして成し遂げてから求婚するように！』

舞子にそう言われたクリスは、どうせ会社を始めるのなら愛する舞子を飾れるものにしようという、それだけの考えで、アパレル会社を立ち上げる。

それまで必死に働く必要がなかっただけで、元々は経営者のセンスがあったのだろう。

その後アウトレットの会社を買収して店舗を増やしたことで彼の会社は急成長し、今では全米とカナダに衣類や雑貨の店を二千店舗以上展開する大企業となっている。

そして優秀な部下を見つける能力にも長けていたため、彼らの奔走によりクリス自身は相変わらず家族中心ののんびりした生活を送れているのである。

そんな大らかで自由な父親を見て育ち、優しくも一本筋の通った母親から『働かざるもの食うべからず』の考え方を躾けられたナツミとハルは、自立したしっかりものに育つ。

赤ん坊のころからモデルとして現場に連れて行かれ、たくさんのファッションに触れてきた。自分の力でお金を稼ぐことも自然に覚えた。

物心がつくころには自分の顔がデカデカと印刷されたバナーが父親の店のショーウインドウを飾っていたから、注目されることには慣れている。

結果、物怖じしない堂々とした性格に育った。

この業界のことを肌で学んだ二人が早くから独立して洋服関係の仕事を始めたのは、当然の流れだったのだろう。

そして、自由主義の両親から唯一言われ続けてきたのが、資産の維持についてだ。

先祖代々続く家系と財産を守り、次の世代に引き継ぐ。それがシュナイダー家の子孫としての義務なのだという。

その点、ハルは高校時代から資産運用して貯蓄を確実に殖やしていたし、大学に入って立ち上げた会社を成功させたことからも合格と言えるだろう。

そのため両親はハルの行動を信用してくれているし、今回一ヶ月間日本に行くと言っても快く送り出してくれた。

そんな家庭環境だから、ハルは今まで付き合う相手や結婚について、親からとやかく言われたことがない。

なんといってもクリスと舞子が完全なる恋愛結婚だ。好きな相手と好きにすればいいという考えだし、たとえハルの交際相手が男性だと言っても認めるだろう。

なのに、どうしてニーナが自分を婚約者だ公認だと騒いでいるのかというと、それも両親の自由主義からにほかならない。

ニーナの両親とクリスは学生時代からの親友で、同じユダヤ人コミュニティーに属していることもあって、今では家族ぐるみの付き合いだ。

当然ハルとニーナも幼いころから一緒にすごすことが多く、兄妹のように育ってきた。

あれはハルとニーナが小学校低学年のころだったか。

レストランを貸し切って行われたニーナの誕生会で、彼女が突然『ハルと結婚したい』と言い出した。ニーナが自分の父親に懇願すると、彼は『ハルが息子になるなら大歓迎だ』と大袈裟に喜んでみせる。

次に彼女がクリスと舞子に『ハルのお嫁さんにしてほしい』と訴えると、舞子は『それはお互いの気持ち次第ね』と手堅く答え、クリスは能天気に『ニーナが私の娘になってくれるのかい？　それは素晴らしい』などとのたまった。

ニーナの誕生会はそのまま婚約パーティーの様相を呈し、ハルはその日、一日中、主役であるニーナの隣ですごすことになったのだった。

もちろん大人たちにしてみればたわいもない冗談で、社交辞令かその場を盛り上げるちょっとしたエッセンスのつもりだったのだろう。

しかしニーナは今でもそれを『親が認めた許嫁』だと公言してはばからない。親たちも、『本人同士で話し合って決めなさい』というスタンスなので基本的に放置だ。

ハル自身にも問題があったのだろう。一つ年下のニーナを本当の妹のように思うがあまり、好きなようにさせてきた。

彼女がうるさい女生徒よけになっていたこともあって、利用していた面もあったと思う。

実際、それが楽だったのだ。ニーナはハルにベッタリなくせに、そのハルに恋人ができても、『ハルには自分という本命がいるのだから、そのうちすぐに別れるに決まっている』と堂々としたもので、特に態度を変えるでもない。

ハルが恋人と長続きせず、いつもニーナの予想通りの結末を迎えていたのは、きっとハルにそこまでの熱がなかったせいなのだろう。

ニーナの言葉を否定して、全力で恋人を繋ぎ止めようという執着がなかったのだ。

逆に言えば、ニーナがあそこまで由姫を牽制し、必死で邪魔をしてくるのは、ハルの本気度を察知しているからなのかもしれない。

自分がここまで情熱的な人間だとは思っていなかったが、実際ここまでやり遂げたということは、それだけ由姫が特別だったということなのだろう。そして自分はやはり、あの父親の血をしっかり受け継いでいるのだ。

——ニーナに俺の日本行きを教えたのは、父さんだろうな。

ハルの真の日本行きの目的を知っているのはナツミだけだが、彼女はニーナの面倒くささをわかっているから絶対に言わないはずだ。

父親がニーナに聞かれて、ハルの居場所とモデルのオーディションのことを伝えたに違いない。

——そして実際に面倒くさいことになった。

新ブランドのモデルにニーナを選べば、由姫が傷つくことはわかっていた。

ニーナの物言いは辛辣(しんらつ)で直接的だ。彼女が一緒に仕事をすることになれば、少なからず由姫を不快にさせる。

それでもビジネスに妥協はしたくない。日本進出を成功させるには、ニーナの知名度とモデルとしての魅力が必要なのだ。

だったら自分が由姫を守ればいい。それができると思っていたのだが……ニーナの由姫への嫉妬は、過去のハルの恋人たちに対する態度の比ではなかった。

そのせいで由姫とギクシャクしてしまい、逆に一誠との距離を近づけさせてしまう結果となる。

由姫は自分では気づいていないが、かなりの男たらしだ。無駄に色気を振りまくわけでも媚を売るでもないのに、自然に好かれてしまう。

ノアと一誠はああ見えてかなり好き嫌いが激しい。仕事柄それなりに愛嬌を振りまきはするものの、プライベートで付き合う人間はきっちり分けているタイプだ。

ノアは物腰が柔らかくて誰にでも優しいように見えるが、じつのところ警戒心が強く、表面上の付き合いしかしない。

一誠はわかりやすく敵味方を分けるタイプだ。敵だとみなせば辛辣な言葉で攻撃するし、逆に一度受け入れてしまえば腹をわって話してくれる。

そう、由姫に対してそうだったように……。

由姫は不思議な魅力を持っている。目立つことを好まず控えめなのに、いざというときには怯まず抜群の行動力を発揮する。

れた。

庇護欲をそそられるかと思えば驚くほどの強情さや激しさも見せ、ハル自身、何度も驚かされた。

そんな彼女にノアや一誠も好感を持つのは当然だろう。

——けれど、好かれすぎだ。

今日のパーティーで、ハルは宣伝も兼ねてニーナとともに挨拶まわりをしなくてはならなかった。

それをいいことに一誠が由姫と手を繋いで会場に入ってくるし、そのあと由姫はノアのパートナーみたいになっているしで、正直言って腹立たしくて仕方がなかった。

今日はホストとして大人の対応を心がけていたけれど、本心では由姫のもとに駆け寄って、ノアから引き剥がしてやりたいと思っていたくらいだ。

——パーティーが終わったら絶対に由姫を捕まえる。

急いではいけないと思いつつ、早くどうにかしなければと焦る自分がいた。

だって一緒にすごせる時間は残りわずか。離れたら、会えない間に由姫がほかの男に奪われてしまうかもしれない。

ニーナの来日後、ギクシャクしていた関係を修復したい。どうにかして由姫と話したい。ずっとそう考えていた。

しかしニーナのいるときはダメだ、雑音が入りすぎて由姫が冷静になれない。

彼女が胸に抱えているものを吐(は)き出してもらうためにも、落ち着いた場所と時間が必要だ。

だからパーティー会場のあるこのホテル内に部屋を取っておいた。

どうにかしてここに由姫を連れこみ、二人きりでゆっくり話をする。自分の気持ちを改めて伝え、あわよくば恋人になってもらう。

その先を期待しないわけではなかったけれど……そこまでは欲を出しすぎだと思ったし、さすがに今夜はないなと考えていたのだ。

それなのに……。

＊＊＊

――とうとう奇跡が起こってしまった。

ハルはもう一度、隣で眠る彼女を見つめる。

『私も、ハルが好き……愛しています』

由姫から聞かされた告白とともに、昨夜の熱い交わりが思い出される。

指に吸いつくような白い肌。柔らかくて滑らかで、どこもかしこも甘かった。

——気持ち快かった……このまま死んでもいいと思えるくらい。

彼女の身体を知ってしまった今、もう二度とほかの女なんて抱けないと思う。

——俺がはじめての相手なのに、最後にはあんなに感じて可愛く啼いて、腰を振って……。

淫らな由姫を思い浮かべた途端、下半身に血液が集まるのを感じる。

「うわっ」

自分は性に淡白だと思っていたが、どうやら違っていたようだ。由姫に関しては欲求が止まらない。

「じつは俺って、こんなに性欲が強かったんだな」

昨夜は由姫のナカに二回挿入った。ヴァージン相手に無茶をしてはいけないと知りつつも、欲望には勝てず、再び勃ち上がったものを挿れてしまったのだ。

けれど二回目は最初のときより由姫も感じてくれていたように思う。声に甘さが含まれていたし、ナカの締めつけもすごかった。

「だめだ、考えたら痛くなってきた」

全身に漲る欲を持て余し、由姫の唇に口づけた。そのまま首筋に舌を這わせる。それでもまだ足りない。

カチカチに硬くなった股間を由姫の下半身に押しつける。グリグリとこすりつけていたら、彼女がパチリと目を開けた。

――あっ、マズい！

慌てて動きを止めたものの、硬い膨らみは彼女に丸わかりだったようだ。

「……何してるの？」

「えっ、あの……ごめん。由姫の寝顔にムラムラして」

「私に、ムラムラしたの？」

「うん……めちゃくちゃ興奮して止まらなくなった。股間が爆発しそうだ……挿れたい」

すると由姫は顔を真っ赤にしながらも、「いいよ」と小声で呟いた。

「えっ、いいの？」

彼女がフワリと微笑んで、はにかみながらうなずく。

その笑顔に昨夜の泣き顔が重なって、由姫を悲しませた悔しさと、嫉妬してくれた嬉しさ、そして受け入れられた喜びが一斉にこみ上げてくる。

――ああ、俺は彼女を愛している。

そう改めて実感する。

もう彼女を泣かせたくない。誤解なんてさせない。

自分がどんなに長い間、由姫を求めていたのか。ここに至るまでにどんなことがあったのか。

俺の家族のこと、ニーナのこと、全部話して聞かせよう。

彼女がこの気持ちを疑う余地がないくらいに、なんでも、何度でも。

「由姫、あとで俺の話を聞いてくれる？」

「……うん」

——けれどまずは、その前に……。

股間の痛みが半端ない。もう一度ゆっくり愛を確かめ合うのが先だ。

もしも、もしかして機会があったなら……と念のために避妊具を用意しておいた自分を褒めつつ、ハルは由姫の胸に勢いよくむしゃぶりつくのだった。

6、箱根でラブエッチ

パーティーから二日後の月曜日、由姫はハルと一誠、それからニーナと共に渋谷のオフィスに来ていた。

今日はオーダーしていたデスクやコピー機などが搬入されてくるため、そのレイアウトの確認と立ち合いのためだ。

ちなみにノアは東京のファッションを見たいからと、一人で原宿に向かった。

次々と機材が運びこまれてくる様子を、一誠がカシャカシャと写真に撮っている。

彼はポートレートやファッションがメインのフォトグラファーではあるが、趣味で風景や建築物も撮っているそうだ。

その隣でニーナが事務椅子に座ってクルクルと回りながらつまらなそうにしている。

『ねえ、あとどれくらいで終わるの？　お腹がすいちゃったわ』

『だったら一人で食べに行けよ。この近くにいくらでも店があるだろ』

ハルにそう言われた彼女は頬をプックリと膨らませ、恨めしそうに睨みつけてくる。ハルではなく、由姫を……だ。

一昨日、パーティーの後でハルが自分と一緒にホテルに帰らなかったことに、ニーナは腹を立てているらしい。

そのうえ昨日の夜にやっと戻ってきたと思ったら由姫も同伴で、そのまま二人でハルの部屋に入ってしまったものだから、その怒りは相当なものだった。

彼女も部屋に入ろうとしてハルに拒まれ、スマホに何度も電話をかけてきて文句を言っていたのだが、逆にパーティーの通訳の件で嘘をついたことをハルに責められ、昨夜はそれで引き下がってくれた。

しかし今日、このオフィスに来るまでの車内でハルが由姫との交際宣言をしてしまったものだから、ニーナの由姫を見る目が以前にも増して厳しくなっているのだ。

『第一さ、ニーナがここに来る必要なかったんだ。どうしてノアと原宿に行かなかったんだよ』

『そうだよ、おまえ、今からでも遅くないから買い物にでも行けよ。ここにいたって邪魔なだけだ』

ハルと一誠の言葉にニーナがガタンと立ち上がり、目を吊り上げる。

『そんなのハルと一緒にいたいからに決まってるでしょ！　そこにいる女にハルがたぶらかされるのを阻止しなきゃ！』

それを聞いたハルが腕を組み、呆れたようにため息をつく。

『ニーナ、何度も言うけど、由姫を追いかけてるのは俺のほうなんだ。やっと恋人になってもらえたばかりなのに、邪魔するようなことを言わないでくれよ』

ニーナは悔しそうに下唇を噛むと、黙りこむ。その顔は今にも泣きだしそうだ。

言葉がキツいし苦手ではあるけれど、彼女も真剣にハルを愛しているのだろうなと思う。日本まで追いかけてきた必死さを考えると、申し訳ない気持ちになる。

――だからといって、私も今さらハルを好きな気持ちを止められない。

昨日も朝からホテルのベッドで結ばれた後、ハルは自分の家庭のことを由姫に語って聞かせてくれた。

ハルたちが属するユダヤ人コミュニティの結束の深さや、そこから連なる華麗なる人脈。彼らが所持する莫大な資産。日本人の母親のことや自分の生い立ちなど。

彼が過去に付き合った女性についても、簡単にだけど教えてくれた。

それは劣等感を刺激されるものだし、やはり妬けるので聞いていて楽しい話題ではなかったけれど……すべてをさらけ出したうえで、『それでもやはり由姫を忘れられなかった』と言い切ってくれた言葉に嘘はないと思うし、それが彼なりの誠意なのだろう。

実際、彼は由姫に会いに日本まで来てくれた。自分を選んでくれたことを素直に喜び、彼に好きだと伝え続けたいと、今はそう思えるのだ。

――すべてをさらけ出していない私がこんなふうに思うのは身勝手だけど……。

いつの間にかすべての搬入が終わっていたらしい。ハルがチラリと腕時計を見つつ、由姫に話しかけてきた。

「それじゃ由姫、そろそろ行こうか」

「あっ、うん」

じつはこれから二人で出かけることになっている。昨日の夜、『明日、仕事が終わったらデートしようよ』とハルに誘われたのだ。

今は午後一時過ぎ。今日はもう仕事がないそうなので、遅めのランチにでも行くのだと思う。二人で鎌倉（かまくら）に出かけたことはあるけれど、あれはあくまでも仕事の一環。自分にとっては初デートなので、なんだか浮かれてしまう。

皆でビルから出て、ハルが由姫の腰に手を回してエスコートしようとしたところで、うしろからニーナの声が聞こえてきた。

振り向くと彼女は一誠に掴（つか）まれた手首を振りほどこうと必死になっている。

『ちょっと、離してよ！　私もハルと一緒に行くんだから！』

『そのハルに別行動するよう頼まれたんだよ。おまえは〝お邪魔虫〟なんだ』

『オジャマ？　それ、どういう意味？』

『〝third wheel〟だよ。ようは邪魔ってこと』

三つ目の車輪、すなわち、邪魔なだけで必要ない……という意味だ。

ニーナが縋るようにハルを見る。けれどハルは「由姫、行こう」と背中を向けた。

あそこまでハッキリ言われて可哀想な気もするけれど、由姫に同情されるのは彼女のプライドが許さないだろう。

だから彼女の潤んだ瞳を見なかったことにして、ハルと並んで歩きだした。


ハルとタクシーで向かった先は新宿駅。すぐ近くの百貨店に入った。

ここのレストランに行くのかと思ったら、ハルがいきなり店員に「ランジェリーショップはどこですか？」と聞くものだから仰天した。

「ハル、下着って⁉」

「だって必要でしょ」

——それって、今日もハルの部屋にお泊まりっていうこと？

少し恥ずかしかったけれど、ハルが自分好みの下着をつけてほしいと言うので、お言葉に甘えてプレゼントしてもらった。

けれどそれだけでは終わらず、由姫の洋服や化粧品まで買おうとする。

「ちょっと、必要ないから！」

「俺が買いたいんだ。恋人になった記念に贈らせてよ」

いつまでも諦めないので、今回だけという約束で買ってもらう。

そしてハルも自分の服や下着、そして小ぶりのスーツケースを購入し、その中に今日買った荷物を全部放りこんだ。

「それじゃあ、行こうか」

今度こそ遅めのランチだと思っていたら、なんと駅構内に入っていく。

彼は窓口でスマホの画面を見せて駅員から切符を受け取り、「はい、由姫の分」と二枚の切符を手渡してきた。それは乗車券と特急券で、行き先が箱根湯本（はこねゆもと）になっている。

——えっ!?

わけがわからずキョトンとしていると、「駅弁を買って行こう」と売店に連れて行かれ、気づけば駅のホームに立っていた。

「ハル、ちゃんと説明して。どういうこと？」

そこでようやくハルがネタバラシをする。

「今日から二泊三日の温泉旅行だ」

元々、今回のハルの訪日は広告代理店との打ち合わせやモデルのオーディションがメインだったため、それが終わった今はたいして忙しくないのだという。

「ほかの仕事はニューヨークにいてもできたんだけど、由姫と会うための時間がほしくて一ヶ月にしたんだ。まあ、せっかくだからこっちにいる間にほかの作業も進めてるけど」

あとは三日後の写真撮影が日本での最後の仕事となり、それまで日にちが空いたので旅行に行こうと思いついたのだそうだ。

「だったらそう言ってくれたっていいのに！　私、何も準備してきていない」

「だからさっき買ったじゃないか」

――ええっ！　そのための買い物だったの？

もう規格外すぎて開いた口が塞がらない。

「いいだろ、由姫は観光案内も得意なんだし。案内してよ、箱根温泉」

「ごめんなさい、私は案内できない。箱根温泉には行ったことがないから」

「やった！　それじゃ俺と行くのがはじめてなんだ！　ハネムーンだね」

――ハネムーンって……！

何を言っても喜ばせるだけなので、もう黙って受け入れることにした。

ハルが用意してくれた切符はロマンスカーで、ホームに滑りこんできたシルキーホワイトの車両に一緒に乗りこむ。

驚くことに座席はサルーン席だ。扉がなく目隠しだけではあるものの、プライベート性が高い準個室。ほかの乗客の目を気にせずのんびりと二人だけの時間をすごすことができる。

「俺、新幹線には乗ったことがあるけれど、この種類の電車ははじめて」

幼いころには家族で母親の実家や京都旅行に行ったりしたものの、学年が上がってハルがサッカーやアメフトを始めてからは、日本に来る機会がなくなっていたのだという。

二人並んで広いテーブルで駅弁を食べ終えると、ハルがニコニコと微笑みかけてきた。

「由姫、楽しいね」

「うん、楽しい！」

まだ電車に乗っただけだというのにワクワクが止まらない。

「……というわけで、キスしてもいい？」

「えっ、どういうわけ？」

顎に手を添えられ、チュッと啄むようにキスされた。コツンとおでこが合わさって、至近距離から蠱惑的な瞳で見つめられる。

「ふはっ、どうしよう。すごくしあわせなんだけど」

「私も、しあわせ」

もう一度唇が重なり、今度は長く深い口づけを交わす。

ゆっくりと離れると、耳元で「サルーン席にしてよかったね」と囁かれた。

「でも、旅館に着いたらもっといっぱいするよ。その先も」

とても楽しみだと甘い声音で言われ、下半身が疼く。もうすでに期待してしまっている。

「私も……楽しみ」

小声で呟いてハルの手を握ったら、彼が三日月のように目を細めて、手を握り返してくれた。

そのまま二人で寄り添い合って、窓の外を流れていく景色を眺めていた。


そんなふうに一時間半ほどの電車の旅をすごし、箱根湯本駅に到着したのは日の暮れた午後五時すぎだった。そこからタクシーで宿泊先へと向かう。

ハルが予約してくれたのは老舗の高級旅館で、しかも露天風呂付きの離れだった。というか庭園の奥に佇む一軒家だ。

客室係によると、この庭園は旧宮家が所有していたもので、同じ敷地内にはその別邸を利用した懐石料理の店があるという。

『離れの間』、別名『貴賓室』とも呼ばれる離れは、広い和室が二部屋に広縁つき。黒御影石の露天風呂からは遠くの山を眺めることができる。

「何から何まですごい！　一体いつから計画していたの？」

客室係が去ったあと、香りのいい玉露をいただきながらハルに聞いてみると、彼はいたずらっ子みたいに口角を上げてみせる。

「いつって、昨日由姫がセックスして疲れて寝てたときに思いついて」

「セッ！　……急だったのに、よくこんなところを予約できたね」

「まあそこは、いろいろツテがあるんだよ。平日だし、運もよかった」

友達の友達がここの常連で予約を入れてくれたとか、ダイアモンド会員が……とハルが語っていたけれど、もはや自分のわからない世界だ。

「夕食まで少し時間があるなら、お風呂に入ってもいい？」

せっかく部屋に自家源泉掛け流しの露天風呂がついているのだ、入らない手はない。

由姫が浴衣を手に脱衣所に向かうと、「俺も一緒に入る」とハルもついてきた。

少し恥ずかしい気もするけれど、すでに身体の隅々まで知られている仲だ、今さら拒む理由もないので二人で入ることにした。

ガラス製のスライドドアを開けると、冷たい外気に身体が震える。しかし屋外用ヒーターが備えつけられているため、凍えるほどではない。

それに、湯に入ってしまえば一瞬で全身が温まった。

肩まで浸かって改めて周囲を見渡すと、ライトアップされている植木は目隠しのために絶妙な配置をされており、その隙間から見える山脈の雄大さや白い霧と相まって、幻想的な雰囲気を醸し出している。

「ハル……こんな素敵なところに連れてきてくれて、ありがとう」

「由姫こそ、一緒に来てくれてありがとう。しあわせだ」

「私のほうこそ……」

両親の死後は、通訳の仕事で観光名所をおとずれることはあっても、プライベートでの旅行なんてしたことがなかった。

金銭的にも気持ちにもそこまでの余裕がなかったし、使える時間とお金があれば、仕事用のスーツを買ったり勉強したりすることに費やしてきたから。

「本当にありがとう。ハルには感謝してもしきれない。ここってお高いんでしょ？　私にもちゃんと負担させてね」

するとハルは、「とんでもない！」と即答する。

「由姫との旅行は俺自身へのご褒美でもあるんだよ。幸福の対価として全部負担させてよ」

「でも……」

さすがに申し訳ないと躊躇していると、ハルがパシャリと湯をかき分けて、目の前に座る。

「だったらお金じゃなくて、身体で払って」

「えっ？」

「日本には『温泉でしっぽり』……って言葉があるんでしょ？　今からここで、しっぽりしたい」

言うが早いか、ハルはキスをしながら胸を鷲掴んできた。

「んっ、あ……っ」

上半身だけゆっくりと御影石の上に倒される。湯から浮き出た胸にハルが吸いついた。もう片方の胸を揉みしだき、先端を指でクリクリと捏ねられる。

「は……あっ、やっ！」

「イヤなの？　こんなにツンと勃ってるのに」

キュッと二本の指でつねられて、嬌声が上がる。

「ダメっ、やぁっ！」

「これもイヤなの？　本当に？」

そう言いながらハルの右手が太腿を撫で、その間に滑りこむ。人差し指で割れ目を撫で上げると、由姫の目の前でその指をペロリと舐めた。

「ちゃんと感じてるじゃないか。お湯の中でも違いがわかるよ。由姫のエッチな液はトロトロだから」

「イヤだ、そんな恥ずかしいこと言わないで……」

だって、ついこの前までは処女だったのだ。初心者にはいろいろ刺激が強すぎる。

そう伝えたら、ハルのぱっちりした瞳が嬉しげに細められた。

「そうか、それじゃ俺が、上級者にしてあげる。うしろを向いて、手をついて」

そう言いながら、ハルが風呂の脇に置いてあったタオルの間から避妊具を取り出す。ちゃっかり用意していたらしい。

彼に言われるまま、由姫が御影石に両手をつく。

「脚を開いて。そう、それから腰を突き出して」

その言葉で次にされることが予想できた。少し不安はあるものの、期待がそれを上回る。太腿をツツッと愛液が伝っていった。

ハルに腰を抱えられる。蜜壺に熱くて硬いものが押し当てられ……ツプッとナカに挿入ってきた。

「あっ！」

「は……っ、由姫のナカ、気持ちい……」

ハルがゆっくりと腰を回し、ナカをかき混ぜる。内壁が擦られ、ジワジワと甘い痺れが湧いてくる。

動きがピストン運動に変わると、今度は彼の先端がコツコツと子宮を突つく。あまりの気持ち快さに由姫は背中を反らして嬌声を上げた。

「ああっ！　あっ、すごい……っ」

「うあっ、由姫、そんなに締めつけないで。もっと長く味わいたいのに、あっという間にイっちゃいそうだ」

「だって、気持ち快すぎて……ああっ！」

「まだだ、二人でもっと、快く、なろうっ」

言いながらズンッ！　と最奥まで突き上げられ、悲鳴が上がる。

容赦なく腰を打ちつけられ、頭がガクガクと揺れる。お湯が大きく波打った。

片脚を持ち上げられて、今度は斜めの角度から攻められた。変わった位置が擦れて新たな快感が生まれる。脳みそが沸騰してのぼせそうだ。

「由姫っ、もう、出る」

「私も、もうっ！」

フィニッシュとばかりに抽送が速められた。

「やっ、もう……イっちゃ……」

「くっ……っ」

由姫の嬌声にハルの低いうめきが重なった。ナカでハル自身がピクピクと数回跳ねて、そして止まる。

そのまま脱力して湯に沈みそうになる由姫をハルが抱き上げ、和室の低いベッドまで運んでくれた。

「ごめん、まだおさまらない」

そう言って再び挿入ってくると、すぐに激しく打ちつけられる。気がつけば夕食が運ばれてくる時間になってしまい、慌てて身なりを整えたのだった。


翌日は眠い目をこすりながら起き、隣でまだ寝ているハルの肩を揺すった。

「ハル、起きて。朝食が来ちゃう」

昨夜は到着後すぐにイタしたにもかかわらず、夕食後にもまた露天風呂に浸かり、それから明け方まで何度も抱き合った。

疲れていないといえば嘘になるけれど、旅館の朝食の魅力には変えがたい。

昨夜と同じく部屋で和食を堪能してから観光に出かけ、ロープウェイから富士山の絶景を眺め、美術館でガラスのツリーのライトアップに感嘆の声を上げた。

冬の夜にきらめくクリスタルの輝きを見ていると、胸が締めつけられて泣きたいような気持ちになる。しあわせだ、本当に。

——いつまでこうしていられるかは、わからないけれど……。

「……由姫？」

名前を呼ばれて我にかえると、隣でハルが心配そうにこちらを見ている。

「由姫、泣いてるの？」

「えっ、ううん」

涙を流しているわけでもないのに、そんなに泣き出しそうな顔に見えたのだろうか。

——いけない！　せっかくの旅行なのに。

「ツリーが綺麗すぎて感動しちゃった。ハル、連れてきてくれてありがとう」

「……うん」

「あっ、あっちも見てみよっ」

まだ何か言いたげにしているハルの背中を押すと、彼はもうそれ以上は聞いてこなかった。

それからもう一泊して、行きと同じくロマンスカーのサルーン席で帰路につく。

二人で手を繋いだまま窓の外の景色を眺めつつ、ノアたちに買ったお土産の話で盛り上がる。

由姫がウトウトしはじめると、ハルがブランケットを肩までかけてくれた。

そしてまた手を握り、優しい声音で話しかけられる。

「由姫、何か悩んでること、ある？」

――えっ⁉

ギクリとしてパッと目を見開く。勢いよくハルに顔を向けると、彼はこちらの心を探るかのようにジッと見つめていた。

「……どうして？」

「いや、時々思い詰めたような表情をしてるから、なんとなくそう思っただけ」

それを聞いて、何かを知っているわけではないのだとホッとする。

「大丈夫よ。心配かけて、ごめんなさい」

ハルはまつ毛を伏せ、少し寂しそうな複雑な表情を見せる。けれどすぐに納得したようにうなずいた。

「うん、わかった……だけど由姫、一人で悩まないでね」

フワリと微笑まれ、胸がチクリと痛む。

「ありがとう……」

「イヤなことはイヤだと言えばいいし、悲しければ悲しいと言えばいい。何があろうとも、俺が全部受け止めるから」

そう言って握る手に力をこめたハルにうなずき、窓の外を眺める。

――ちゃんと決着をつけよう。

そのうえでハルにすべてを話して、それでも好きだと言ってくれるなら……。

ううん、その結果、もしも彼が離れていったとしても、絶対に恨んだりはしない。

プロムの夜だけでなく、こうして再び素敵な夢を見させてもらえたのだ。それだけでもう満足だと、そう思えるから。

次々とうしろに流れていく景色を見つめながら、そう心に決めた。


新宿駅でロマンスカーを下車すると、アパートまで送るというハルを断り、いつもの駅前でタクシーを停めてもらう。

「どうして?」と聞かれて「恥ずかしいから」と答えたのは嘘ではない。けれど、もっと大きな理由を隠したままなのがうしろめたく、申し訳なく思いながら重い足取りでアパートに向かう。

警戒しながらゆっくりと外階段を上がったが、さいわい廊下に人影はなかった。

安心して自分の部屋の前まで来たところでギョッとする。ドアの郵便受けに何枚もの紙が押しこまれていた。はみ出している分を手に取ると、急いで玄関に入る。

仕事柄、ある程度の時事問題を把握しておく必要があるため新聞をとっているが、ここにあるのはそれだけではない。

『せっかく来たのにどこにいる』、『逃げても追いかけるぞ』、『また来るから金を用意しておけ』と殴り書きされたいくつものメモを見て、手が震えた。

温泉旅行の余韻もハルとの楽しい思い出も、一瞬で真っ黒に塗り潰される。

「もうイヤだ、こんな生活……」

由姫は両手でメモをキツく握りしめてしゃがみこんだ。

沖上(おきがみ)は由姫の電話番号を知らない。自分のいないところで沖上と由姫を会わせたくない伯母の千代子(ちよこ)が、彼に教えていないからだ。

もちろん由姫を気遣ってのことではなく、自分の恋人の浮気を警戒しているだけなのだが。

けれど千代子の元にお金を渡しに行ったときに沖上にあとをつけられていたようで、以来たびたび千代子の目を盗んではお金をせびりに来ている。

あの伯母に相談なんてできない。

四十九歳の千代子は、十歳も年下の恋人を繋ぎ止めるのに必死だ。

彼女は自分の両親、由姫から見ると祖父母が経営していた小さな美容院を継いで一人で切り盛りしていたのだが、美容師募集の張り紙を見てやってきた沖上に惚(ほ)れて貢ぐようになっていたらしい。

二人の会話から察するに、両親を失った由姫を引き取るよう進言したのは沖上のようだ。千代子が由姫の後見人に選任されるのを待って、彼も店舗兼住居に転がりこんできた。オシャレな店を持ちたいという沖上のために、千代子はすぐに店を改装。裏の住居部分の二階で沖上と暮らすようになり、一階にあった四畳の物置が由姫の部屋に充てがわれた。

部屋にいるときは常に内側から施錠するよう由姫に強く言い含めていたのは、千代子が沖上の女癖(ぐせ)の悪さをわかっていたからなのだろう。

そして同居して早々、由姫は千代子から、大学には行かせないと宣言された。

『あんたを養うためにお金が必要なんだ、進学費用なんて出せないよ』

『あんたの父親にはお金を貸していた。一生働いて返してもらうからね』

高校を卒業したらすぐに働けという千代子に、由姫はお願いだから大学に行かせてほしいと土下座して頼んだ。

通訳か翻訳家になりたいという由姫の夢を応援し、留学までさせてくれた両親の想いに報いたい。『変わりたい』という由姫の背中を押し、勇気をくれたナツミとハルとの思い出を汚したくない。

だから自力で頑張ろうと決めた。

高校三年生だった由姫は、朝早く起きて開店準備を一通り終えたあと千代子と沖上の分まで朝食を作り、それから登校。学校から帰宅すると夕食の支度をしてから店の手伝い。最後に後片付けをして、ようやく受験勉強をはじめるという生活を続け、推薦で希望の大学に合格。同時に奨学金も獲得し、進学を果たしたのだった。

由姫が合格した大学は家から電車を乗り継いで一時間ほどの距離だったため、できることなら大学の近くにアパートを借りて一人暮らしをしたい。

けれど家事や店の手伝いがあるし、金銭的な理由からもそれは無理だろうと諦めていたのだが……意外な理由でそれがかなうこととなる。

由姫が大学受験を終えてすぐのころ、どんな理由だったかはもう覚えていないが、千代子が一人で出かけていた日があった。

そのころの沖上は気が向けば店に出て接客をしており、そのときも男性客の髪をカットしていたため、二人で残しても大丈夫だと判断したのかもしれない。

しかし男性客がいなくなると、沖上が由姫に「髪を切ってやる」と言い出した。

「いえ、結構です」

彼と話すだけでも千代子の機嫌が悪くなるのだ。髪など切ってもらっては何を言われるかわからない。それに以前から、彼の舐(な)めるような視線が気持ち悪いと感じていた。

「前の店ではカリスマヘアスタイリストだったんだ、その俺が切ってやるって言ってるんだぞ」

カリスマヘアスタイリストがどうしてこんな下町の小さな店で働いているのだと喉まで出かかったが、グッとこらえる。

「結構です、ポニーテールにしてるので」

アメリカ留学の前に美容院に行ったきり、ずっと髪は伸ばしたままだ。けれどゴムで結べばいいだけなので困りはしない。

「遠慮するなよ、座れよ」

痺れを切らした沖上に無理やり手を引かれ、とうとう鏡の前に座らされてしまった。彼は店の入り口の鍵をかけると、うしろから由姫の両肩に手を置く。

「おまえさ、地味な見かけの割にはエロい身体つきしてるよな」

鏡に映る彼の顔がニヤつくのを見て、鳥肌が立った。逃げ出したいけど動けない。息をするのも忘れて固まる。

彼がブラシで髪を梳き、口笛を吹きながら髪にハサミを入れはじめた。

「由姫の通う大学ってここから遠いんだってな。アパートに住みたいなら、俺が千代子に頼んで金を出させてやろうか」

一人暮らしをしたいのはやまやまだが、千代子に寄生しているこの男に頼りたくはない。

「いえ、結構です」

「さっきから結構ばっかりだな。遠慮するなよ、俺って女には優しいんだぜ」

髪を切る手が止まり、うしろから肩越しに抱きつかれる。カットソーの上から左手で胸を鷲掴みされ、思わず悲鳴を上げて立ち上がり、その手を振り払っていた。

カチャンとハサミが落ちる音がする。

「痛……って！　何するんだ、コノヤロウ！」

怒鳴り声に震えながら振り向くと、沖上が右手で左手の甲を押さえている。その隙間から赤い血が垂れているのが見えた。

「あ……っ、ごめんなさい、私……」

そのときカチャッと鍵の開く音がして、千代子が店内に入ってきた。

「ちょっと、どうして鍵がかかって……」

そして怪我をしている沖上を見ると、「哲ちゃん、どうしたの!?」と慌てて彼に駆け寄る。

「この女が……。頼まれて髪を切ってやったのに、急に立ち上がりやがった」

それを聞いた千代子は、躊躇なく由姫の頬を張り飛ばした。

「あんた、まだ高校生のくせに哲ちゃんに色目を使ったのかい!?　可哀想だと思って面倒を見てやってるのに、恩を仇で返すなんて、とんでもない女だよ。すぐに出ていきな！」

ゴミを見るような目つきでそう吐き捨てると、数日で店から離れたアパートを契約してきて、そこに由姫を追い出してしまった。

不本意な形ではあったが、おかげであの二人から離れ、念願の一人暮らしをすることができたのだ。

由姫はすぐにバイトをはじめた。千代子はアパートの契約手続きこそしてくれたが、家賃までは面倒を見ない、勝手にしろと言われたから。

さいわいにも友香里という親友ができ、理想のバイト先を紹介してもらえた。大学卒業後はそのままその会社に就職し、近くでアパートも借りた。

これでやっと自由だ……と思っていたところ、しばらくすると千代子から呼び出しがかかるようになる。

『あんたのせいで哲ちゃんの手の神経が傷ついて働けなくなった。慰謝料を払え』

『高校を卒業させただけでなく大学にも行かせてやったのだから恩返しをしろ』

『男を誘惑するのが得意だから身体で稼げるだろう』

毎回言い方は違うものの、ようはお金の催促だ。

以前から美容院の客は少なかったが、さらに経営状況が悪化したのかもしれない。

由姫たちが住んでいた家や父の会計事務所を処分したお金はどうなったのかとか、大学の進学費用は奨学金だったのにとか、沖上が怪我をしたのは左手だからハサミを握ることはできるはずだ……とか、言いたいことは山ほどある。

しかし、彼女が未成年だった由姫を引き取ってくれたことは事実だし、生前父が千代子に借金をしていたのであれば、自分が返済すべきだろう。沖上に怪我をさせた負い目もある。

以来、由姫は千代子に言われるまま少ない収入からお金を捻出して渡し、千代子に内緒でアパートに来る沖上からも強請(ゆす)られるという、二重苦の生活を強いられてきたのだった。

──こんなことにハルを巻きこんではいけない、絶対に。

彼の家族にも、彼自身のキャリアにも傷をつけさせるわけにはいかないのだ。

「ちゃんと自分で始末をつけなくちゃ……」

由姫はそう呟くと、涙を拭(ぬぐ)って立ち上がった。

7、大切な人を守るために

翌日は都内のスタジオで写真撮影が行われた。

この写真は『Dear my』のブランドイメージや商品のコンセプトを客に伝えるためのもので、公式サイトやカタログの一部に使用されるらしい。

最初に売り出すのが来年の秋冬ものなので、着用しているのは長袖の組み合わせやコートがメインだ。

ライトに煌々と照らされて暑そうなのに、さすがプロだけあって、ハルもニーナも笑顔でポーズをとっていた。

白い背景布をバックに何種類かの立ち姿を撮ると、次は小物を使っての撮影だ。中央に深紅のソファーや花器いっぱいのバラの花が置かれる。

ソファーの肘掛けにもたれかかるニーナ。そこに覆い被さるようにして上から見下ろすハル。

二人とも黒を基調とした、対になるデザインの服を着ている。

ニーナが手を伸ばし、ハルの頬に触れたところで一誠の怒声が飛んだ。

『おいニーナ、それじゃただ安っぽく誘ってるだけだろう。そうじゃなくて、表情を使って男のほうから惚れさせろ！　もう下着のモデルじゃないんだ、過去の仕事をなぞってんじゃねぇぞ！　ハルも何してるんだ、今すぐセックスをはじめそうなくらいの色気を出せよ！』

ニーナが一誠をキッと睨みつける。

『失礼ね！　私は放っておいてもたくさんの男に惚れられてるわよ！　ハル、もっと近づいてよね』

そして再び撮影モードに入る二人。顔を寄せてクスクスと耳元で囁き合い、今にも口づけそうな距離で視線を交わす。

一誠はあんなふうに言っていたけれど、由姫から見れば、さすがプロのモデルという感じだ。大人の男女がお互いを求め合っているようにしか見えない。

そのときニーナがハルの後頭部に手をまわし、キスをしようとした。それをハルが直前でかわす。

『やめろ、ニーナ』

『いいじゃない。今すぐここでキスして一誠に見せつけてやりましょうよ』

『一誠が言ってるのはそういうことじゃないだろう。コンセプトに合った強く美しい女性を表現しろってことなんだ。一緒に雰囲気を作っていかなきゃ』

『だから雰囲気作りのためにキスしてって言ってるの！』

『は～い、ストップ！』

一誠の隣で見ていたノアが、パンパンッ！　と手を叩いて二人の会話を止めた。

『おいおい、そんなとこで揉めてたら恋人の雰囲気どころじゃないよ。僕のデザインした服が台無しだ、二人ともちょっと頭を冷やしておいで。いいだろう？　一誠』

ノアが隣を見ながらそう言うと、一誠も『そうだな、十分だけ休憩を入れよう』と同意した。

『ねえハル、怒らないでよ～。私だってハルのために頑張ってるんだから、一緒に雰囲気作りしよっ』

ニーナが甘えた声でハルの腕にしがみつく。チラリとこちらを見た彼女と目が合った。

仕事だとわかっていても、こういう姿を見ているのはちょっとつらい。

ハルの気持ちを疑ってはいないけれど、目の前で恋人がほかの女性と親しげにする様子を見れば、少なからず心がざわついてしまうのだ。

――しばらく外に出ていようかな。

自分も頭を冷やしてこようとドアのほうを向いたとき、うしろから肩を掴まれた。ハルがニーナの手を振りほどいて走ってきたようだ。ニーナが『ふんっ』とそっぽを向いてドアから出て行くのが見えた。

ハルが心配そうに由姫の顔をのぞきこむ。

「由姫、どこに行こうとしていたの？」

「少し外の空気を吸ってこようかなって」

「……ごめん、あんなのを見たらいい気はしないよね。でも、本当にキスはしてないから」

平気な顔をしていたつもりだったのに、ハルにはお見通しだったらしい。

「モデルだったらキスが必要なことだってあるよね。お仕事だってわかってるから気にしないで」

「……由姫は嫉妬しなかったの？」

「そりゃあ、嫉妬、したけれど……気にしていたらキリがないし」

そこで突然ハルに抱きしめられる。

「由姫は嫉妬したの？　だけど俺のために我慢してるの？　いじらしくて愛おしいよ。ほんと大好き、愛してる」

その場でいきなりキスされた。

――ええっ⁉

「ちょっ、ハル！　何してるの！」

「何って、恋人を不安にさせたらどうにかしたいって思うだろ？」

「でも、だからって、こんな人目がある場所ですることじゃないでしょ！」

「それじゃあ、俺が由姫からパワーを充電してるんだ……って言ったら、キスも許してくれる？　もう一回充電してもいい？」

——まあ、充電だったら仕方がないか……って、いやいや！　ここは仕事場だから！

思わず流されそうになっていた自分を慌てて律し、目の前でおでこをくっつけてニコニコしているハルの肩を押す。

「今はまだ仕事中です！」

「じゃあ、仕事が終わったら、いっぱいキスしてもいい？」

「それは……いいけど……」

視線を感じてハッと見まわせば、一誠はじめスタッフがニヤニヤしながら二人を見守っている。

「ほらっ、撮影の準備をしないと！」

今度こそ勢いよくハルを押しのけて、由姫は火照った頬を両手で覆うのだった。

そのときカシャッとシャッター音が聞こえた。顔を上げて見ると、一誠がカメラを構えている。どうやら先ほどからハルと由姫の様子を写真におさめていたらしい。

『ノア、見てみろよ、レアなハルが撮れた』

一誠にカメラの画面を見せられたノアが、『おっ、いいね』と呟く。

今度はノアがハルを呼んだ。

『ハル、君のこの表情、最高だよ！　こんなふうに甘えたような表情もするんだな、そのうえ妙に色気がある』

『ハハッ、由姫限定だよ』

そう言いながら画面をのぞきこむハルを、ノアがジッと見つめる。

『ねえハル、ユキにいくつか新作を着させてみないか』

『由姫に？　……そうか、その手があったか』

——えっ、私？

いきなり自分の名前が出てきて戸惑うも、そんな由姫を無視して三人が何やら話し合いを始めている。

一誠がカメラの画面を切り替えて、今撮っていたらしい写真を次々とハルとノアに見せていく。

『まあ、たしかにいい写真だとは思うがな、残念ながら高級感がない』

『Dear my』はコンテンポラリーな服がメインで、価格設定をやや高めにしている。

日本での販売はオンラインショップから開始するが、その次の段階として一部の高級セレクトショップのみでの店頭販売も視野に入れているのだ。

高級感を出すにも宣伝効果の面から考えても、やはりニーナが適任だろうという一誠の言葉に、ハルが顎に手を当て考えこむ。

しばらくしてハッと顔を上げると、隣のノアを見た。

『ノア、〝Dear my〟の中で比較的価格が低めの服をカジュアル系として分けるのは可能か？』

『そりゃあ不可能ではないけれど、品数が足りないな』

『だったら急いで追加のデザインを考えてくれ。おまえなら今から一ヶ月もあればできるだろう。パタンナーのヘルプを入れれば半年後の展示会に間に合う』

そこまで話したところで、ハルが突然由姫を見た。

『由姫、鎌倉に行ったとき、俺が悩んでることがあるって言ってたの、覚えてる？』

由姫がうなずくと、ハルが『そのときに考えていたのが、まさしくこのことだったんだ』と笑顔を見せる。

ハルいわく、『Dear my』はアメリカで展開している『My dear』の日本版ということで、似たような路線で準備を進めてきた。

しかし、まだ知名度が高くない日本で広く認知してもらうには、違う戦略も必要なのではないかと考えていたそうだ。

『このままじゃどうにも弱いなって思っていたんだけど、だったらどうすればいいのかというアイデアが閃かなくて。でも、たった今わかったよ。価格設定が高めなハイブランドと、やや低めのカジュアルブランド、二つのラインで同時に攻めるんだ』

そして二つのラインに合わせてサイトやカタログも二種類にすると言う。

『……そうだ、せっかく同時展開するなら対称にするっていうのはどうだろう』

対称？　と首をひねる一誠とノアに、ハルが自分のアイデアを語る。

『似たような構図で、それぞれのライン用に対称の写真を撮るんだ。たとえばあのソファーでの写真なら、ハイブランドは男性が上からのぞきこみ、カジュアルブランドは女性が上からのぞきこむ。そうやってカタログのすべての写真を同じ構図で男女逆にする』

――すごい、やはりハルは才能に溢れている。

鎌倉で悩んでいると聞いたときは、そのあと告白されたこともあって、デートするための口実だったのかと思っていた。

けれど違っていた。ハルは本当にアイデアを考えていたのだ。

彼は優秀なクリエイターでありモデルであり経営者なのだと、改めて実感する。

『名前も分けたほうがいいな。カジュアルラインは……そうだな、〝Dear my Snow〟にしようか』

冬の鎌倉の清廉な空気。そこで見た竹林の、生命力溢れる強さと凛とした美しさ。あの姿がブランドのイメージにぴったりなのだ……とハルが言う。

『それにさ、由姫の名前もそのまま読めば雪、つまりスノーって意味だろ?』

耳元でこっそりと囁かれ、カッと耳まで熱くなる。いきなりなんということを言うのだ。

由姫が顔を火照らせているところに、ノアが聞き捨てならない発言をする。

『なるほど、それは面白いね。ハイブランドはハルとニーナ、カジュアルブランドはハルとユキの組み合わせか』

——えっ!?

『ちょっと待ってください、私がモデルだなんて無理です!』

『由姫、俺がリードするから。それに君はとても綺麗だよ、自信を持って』

ハルの言葉に由姫は首を横に振る。

——違う、そうじゃなくて……。

『ダメです、私の顔がオモテに出たら……』

——きっとハルたちに迷惑をかけてしまう。

伯母と沖上の姿を思い浮かべ、唇を噛みしめた。

かたくなに固辞する由姫にハルとノアが諦めかけたとき、一誠が口を開いた。

『ようはユキだってわからなければいいのか？　だったら顔を写さなければいい。俺ならうまく撮ることができる』

――えっ？

『元々、洋服を魅力的に見せるのが目的なんだ。女性側の顔が見えなくても、ハルの頑張りでどうにでもできるさ』

一誠の言葉にハルとノアが顔を見合わせる。

『なるほど……ほぼ同じ構図なのに片方は女性の顔が見えない。なぜだろうと興味を引かれ、それじゃあ向こうはどうなのかと、もう一方のカタログも見たくなる。インパクトがあるし、話題にのぼりやすい』

『それに顔が見えないということは、見た人が好きな顔を重ね合わせられるということだよね。男性であれば好きな女性だったり、女性であれば自分であったり。ユキが日本人だから余計に』

二人でうなずき合い、由姫を見た。

『由姫、お願いだ。俺と一緒にモデルをしてほしい。もちろん顔は見えないようにするし、由姫の名前も絶対に出さない。どう？』

三人から真剣な眼差しを向けられて、とうとう観念した。それに自分が彼らの役に立てるのであれば、できる限り協力したいのだ。

『私とわからないのであれば……』

コクリとうなずいた途端にハルが抱きつきキスしようとしてきたので、その胸を慌てて押し返す。

『ちょっとハル、本当に仕事に集中して！』

『はい……ごめんなさい』

由姫に叱られてシュンとしたハルを見て、ノアと一誠が『レアなハルだ』と大笑いする。

そのときドアが開き、化粧直しを終えたニーナが入ってくるのが見えた。

『……ニーナには俺が説明する。今日はまだ由姫の準備ができていないからニーナのほうだけ撮って、明日を由姫の撮影日にしよう。ちょうど今日と明日の二日間の撮影予定にしていたのがさいわいだった』

『だったら僕は今日の帰りに倉庫に寄って、撮影に使えそうなのを何着か選りすぐっておくよ』

『ああ、ノア、頼む』

彼らはそう口早に打ち合わせをすませ、ハルがニーナに近づいていく。

ハルがニーナに声をかけスタジオの隅に行き、話を始める。

会話の内容は聞こえないが、ニーナがこちらに鋭い視線を向けて、またハルに何か言い返している様子から、彼らの決定に納得できていないのだろう。

ニーナがヒールを鳴らしてこちらに向かってきたところで、ノアに『ユキ、ここを出よう』と背中を押される。ドアが閉まる瞬間に振り向くと、ハルがニーナの前に立ち塞がって必死で彼女を止めているのが見えた。

ノアに連れて行かれたのは廊下の自動販売機の前で、由姫はすぐ近くにある長椅子に座るよう言われた。ノアが缶コーヒーを二本買って隣に座る。

『ユキ、もしかして、ニーナに申し訳ないって思ってる？』

由姫が落ちこんでいるのが丸わかりだったのだろう。ノアは『これはビジネスなんだ』と言いながら、プルタブを開けたコーヒーを由姫の前に差し出す。

『ハルがクライアントで、ニーナは契約したモデル。いい案が出れば現場で計画を変更することなんてよくあるし、それにいちいち感情剥き出しで反抗しているようじゃプロ失格だ。だからニーナのこととユキは関係ない、いいね？』

それでも由姫を見ればニーナもハルも撮影に集中できないだろうからと、撮影終了までここで待つよう言われる。

『まあ、ニーナだってプロのモデルなんだ。今回のメンバーが顔見知りばかりで甘えてた部分もあるだろうけど、これで本来の仕事を思い出したと思うよ』

由姫の肩をポンと叩いて去っていくノアの背中を、複雑な想いで見送った。

そしてその夜。由姫はハルと二人で都内の高級エステサロンに来ていた。モデルに肌のお手入れは必須だからと連れてこられたのだ。

ここは会員制で、本来なら一見さんお断りなのだが、ハルの知人の知人の紹介で特別に予約を入れてもらえたのだという。ハルのセレブ人脈には驚愕するばかりだ。

カップルルームで並んでベッドに寝そべり、ヘッドスパに海泥と海藻の全身パック、そしてアロマオイルでのマッサージなどを次々と施される。

あまりの心地よさに最後はウトウトしてしまい、ハルに声をかけられたときにはすべてが終了していた。

そして翌日の撮影が朝からということで、その夜はハルが滞在しているホテルに由姫も泊まることになった。

下着の上にハルのTシャツを一枚着ただけの姿でベッドに横になると、隣にハルも寝そべってくる。

「あのあと……撮影は、どうだった？」

ずっと気になっていたことを、思いきって聞いてみた。

あれから由姫は、撮影を終えて迎えに来たハルとここに来てしまったので、ほかの三人とは会えていない。

ノアはああ言ってくれたけれど、最後に見たニーナの、怒りながらも泣きだしそうな表情が忘れられないのだ。

「うん、説明をしたらわかってくれたよ。ニーナはティーンエイジャーのころからモデルをしてるんだ、あのときは感情的になってしまったけれど、撮影はしっかりこなしてくれた。それで……明日、一足先に帰国するって」

日本での彼女の仕事は今日で終了なのだそうだ。あとは数ヶ月後、ほかの服が仕上がった時点で再度訪日し、屋外での撮影をすればいいらしい。

「そう……」

それでも昨日までのニーナであれば、撮影終了後も日本に残ってハルと観光をすると言っていたのではないだろうか。

——私のせいで……。

そんなふうに考えていると、ハルが身体を起こして由姫の額に口づけてきた。

「由姫は気にしなくていいんだよ。それよりも俺のことと明日の仕事のことを考えて」

——明日！　そうだった！

「ねえ、ハル、どうしたらいい？　私がモデルだなんて」

「大丈夫だよ、一誠がうまく由姫の魅力を引き出してくれるし、それに俺がいるんだ。全部任せてくれればいい」

それでも自分の人生にこんなことが起こるだなんて想像もしていなかった。

本当に大丈夫なのかと考えこんでいると、突然ハルが上から覆い被さってきた。チュッと短くキスされる。

「撮影前にリラックスできるよう、気持ち快くしてあげる」

「えっ？」

Ｔシャツを素早く脱がされ、再びキスが降ってきた。Ｔシャツの下はショーツだけしか身につけていなかったため、露わになった胸をやわやわと揉みしだかれる。

ハルの唇が首筋に移り、「キスマークはつけないからね」とペロリと舐められた。

「んっ……寝不足は、お肌に大敵だって……」

「う～ん、それはそうだけど、セックスをするとしあわせホルモンが出て肌の調子がよくなるんだよ。それに気持ち快くなればぐっすり眠れるから、ねっ」

ハルの言葉を信じたわけではないけれど、彼に触れられた身体はもうすっかりその気になっている。

胸のピンクを口に含まれレロレロと舌で転がされれば、甘えた声が出てしまう。

そうしているうちに、ハルの右手は器用に由姫のショーツを下ろしていく。太腿が開かれ、隙間を指先がサラリと撫でた。

「あっ、は……っ」

「エステに行ったから肌がしっとりして滑らかだね。この身体を一誠に撮らせると思うと妬けるな」

「ヌードモデルじゃあるまいし。それにハルがやれって言ったのよ」

「そうだけど！　それでも、ほかの男が由姫をジッと見つめると思うとイヤなんだ」

ハルは「やっぱりキスマークをつける！」と身体を起こし、由姫の片脚を持ち上げる。脚の付け根に吸いつくと、チューッと高い音を立てて赤紫の痕をつけた。

「もっと俺の痕をつけなくちゃ」

そう言うと今度は膝裏から由姫の両脚を持ち上げて大きく開き、中心に口づける。最初は啄むようなバードキス、それを数回繰り返してから、蜜口をゆっくり舐め上げた。

「ああっ、あんっ」

「もうトロトロの液が垂れてきた。由姫はいやらしいな」

「イヤっ、言わないで……」

「イヤじゃなくて、快いって言って」

わざとジュルジュルと大きな音をさせて愛液を啜ると、今度はその上の蕾をペロペロと舐めはじめる。舌先で綺麗に剥かれ、甘噛みされた。

「やっ、あっ、ダメっ！」

そこに神経が集中したように敏感になり、ジンジンと痺れる。

気持ち快いのに苦しい。快感を逃したくて腰をひねると、それを許さないとばかりにハルに太腿を固定される。

「疲れさせたくないから今日は挿れないけれど、代わりにたくさんイかせてあげるね」

剥き出しの蕾を唇で挟みこむと、チュッと吸ったり舌で左右に揺すったりを繰り返す。

同時に蜜壺に人差し指を挿し入れて、抽送を開始した。

「ああっ、すごい！　もう、イっちゃう……」

身体の奥から快感の波が生まれると、それが大きなうねりに変わり、身体全体を呑みこんでいく。

指の抽送が速められる。グチュグチュと湿度の高い音と由姫の漏らす声だけが聞こえる部屋で、ハルが「いいよ、イって」と呟いた。

敏感な部分を指の腹で押し上げられ、大きく腰が跳ねる。

「やっ、イく……っ、ああ——っ！」

閉じた目蓋の裏で白い光が弾けると、由姫は激しく全身を震わせて絶頂を迎えた。

「由姫、快かった？」

胸を上下させて呼吸を整えていると、ハルがフワリと微笑みながら顔をのぞきこんでくる。

「うん……快かった」

「それはよかった。もう一回イっておこうか、指がいい？　舌がいい？　胸とクリ、同時に攻められたい？」

そう聞かれ、由姫はしばし黙りこんでから首を横に振った。

「もういいの？　疲れちゃった？」

ハルが残念そうな顔をする。

「違うの、そうじゃなくて……」

この先を言うのは恥ずかしかったが、勇気を出してハルに抱きついてみる。

「シたい」

耳元で囁くと、ハルがバッと顔を上げ、目を見開く。

「えっ、由姫……？」

「ちゃんと最後まで……シてほしいの」

真っ赤な顔の由姫を見て、ハルは言葉の意味を理解したらしい。ニッと意地悪く口角を上げ、サイドテーブルの引き出しから避妊具のパッケージを取り出した。

「ついこの前までヴァージンだったのに、由姫はすっかりいやらしくなったね」

そう言いながら自分の屹立にゴムを被せる。

「由姫はこれが好きなの？　これを由姫のココに突っこんで奥まで突いてほしいの？」

先端を由姫の割れ目にこすりつけながら、嬉しそうな声音で聞いてくる。

羞恥でいたたまれない。けれど身体の奥が疼いて仕方がないのだ。

「好き……ハルのをココに、挿れてほしい」

ハルの屹立にそっと手を添えてみずから蜜口に充てがうと、彼がゴクリと唾を呑みこみ固まった。

「……せっかく我慢してたのに、もう知らないよ」

言うが早いか、いきなり最奥まで突き上げられる。

パンッ！　と大きな音を立てて肌と肌がぶつかった。

「ああっ！」

「ハッ……すごっ、いきなりギュウギュウ締めつけてくる」

ハルは子宮口に鈴口をグイグイ押しつけつつ、指の腹で由姫の蕾をクニクニと捏ねる。

中と外、同時に与えられる快感に身もだえる。つま先をキュッと丸めて刺激に耐えた。

「やぁっ、だめっ！」

「うあっ、また締まった！　由姫のナカ、気持ち快すぎだ。俺を先にイかせるつもり？」

「そんなの、わからな……っ、ああっ！」

グリグリと内壁をこすられ、エラで快いところを引っ掻かれる。

あまりの気持ち快さに腰が動いた。

「は……っ、なんて淫らなんだ。こんな姿、明日はみんなに見せちゃいけないよ。そのエロい顔も」

「そんなの、見せな……っ、あんっ」

「やっぱり妬けるな。由姫は俺のものだってナカから刻みつけておかなくちゃ」

ハルは由姫をキツく抱きしめると、そのまま仰向けに倒れて由姫を上にする。

——えっ⁉

ハルに跨（またが）った体勢で戸惑う由姫を、下からハルが突き上げた。

ズンズンと恥骨をぶつけられ、いつもと違う深い場所を抉（えぐ）られる。

「ああっ、すごい！」

「由姫、快いところが当たるように自分で動いてごらん、ほら、クリをこすりつけて」

恐る恐る腰を動かしてみれば、花弁がめくれ、ダイレクトな刺激が襲う。

中も外も敏感な部分がこすれて気持ち快い。いつの間にか夢中で腰を振っていた。

「あっ、は……っ、ああっ」

「いいよ、由姫、上手だ……もうっ、イくよ」

二人のリズムが重なった。一緒に腰を動かす速度を上げつつ荒い息を漏らす。甘い疼きが湧き上がり、由姫は喉を晒して嬌声を上げた。

「もうっ、イっちゃ……ああ――っ！」

「俺も……っ、うっ」

薄い膜越しにハルの熱を感じ、満足感に包まれる。

抱きしめられ、彼の胸に顔を埋めながら、由姫は深い眠りに誘われた。


翌朝は朝八時にロビー集合だったため、由姫はハルと共に五分前に部屋を出た。

エレベーターに乗りこんだところでハルが「あっ！」と声を上げる。

「ジャケットをクローゼットにかけたままだった。取ってくるから先にノアたちと合流して待ってて」

「わかった」

由姫だけを乗せて動き出したエレベーターは、一つ下の階ですぐに止まる。もしかしたらノアたちかも……と考えつつ操作板の前にいると、開いたドアの外にはニーナが立っていた。

お互いにハッとして見つめ合う。

『あの……どうぞ』

由姫が『開』ボタンを押しつつ壁際に身体を寄せると、無言でニーナが入ってきた。

彼女は反対側の壁にもたれかかり、腕を組んで階数表示を見上げる。とても気まずい。

――ハルはニーナだけ先に帰国すると言っていたけれど……。

彼女はブランドものの小さなバッグを肩からかけているだけだ。もしかしたら帰国を取りやめたのかと考えていると、不意に彼女が口を開いた。

『日本のホテルマンってチップを受け取らないのね。さっき荷物を運ぶポーターにも必要ないって言われたわ。自分が提供するサービスの対価を求めないなんて、変な国』

『……日本のホテルは宿泊料金にサービス料が含まれていますから。それに、チップをいただかなくても最高のサービスを提供できるのが日本人なんですよ』

『日本人の〝おもてなし精神〟ってやつ？　……私には日本人の考え方も、そんな日本人のあなたを好きになるハルも理解できないわ』

『無理に理解する必要はないと思います。けれど私は、ハルが日本を好きでいてくれて嬉しいし、自分が日本人であることを誇(ほこ)りに思っています』

ニーナは組んでいた腕を下ろして由姫に向き直る。

『あなた、ハルに日本人の血が流れているからって、まさか自分と釣り合うとでも思ってるんじゃないでしょうね。あなたは知らないでしょうけど、ハルの家は代々続く資産家で、父親はニューヨークのユダヤ人コミュニティーでも中心的な人物なの。ハルと結婚したいっていう上流階級の女性がいくらでもいるのよ』

『知っています』

『えっ』

『以前ハルが話してくれましたから。たしかに釣り合いが取れないと言われればそうですが……それでも私はハルのことが好きだし、好きと思うだけなら資格は必要ないですよね』

じつはこの言葉はハルからの受け売りだ。

彼とはじめて結ばれたパーティーの翌朝、ホテルの部屋でハルが自分の家族のことやニーナとの関係について話してくれた。

そのとき彼と彼の一族の華麗なる人脈に驚愕し、自分にはハルを好きになる資格がないと腰が引けた由姫に、彼がこう言ったのだ。

『由姫、何を言ってるの。恋をするのに資格なんて関係ない。必要なのは、好きという気持ちだけだ』

『気持ちだけでは乗り越えられないものもあるわ』

『逆に、お金や家柄だけでは乗り越えられないものだってある、それは人を愛する気持ちだ。俺はほかのどんな女性に誘われようがお金を積まれようが、心を動かされたりしない。けれど由姫に会いたい一心で海を飛び越えてここまで来た。それがすべてだ』

そして、真っすぐに見つめられ、『由姫は、俺のことが好き?』と聞かれたときに、由姫の心は決まった。

そうだ、好きでいるだけなら自由だ。この先、いつまで彼といられるかはわからない。けれど一緒にすごせるこの時間を大切にしよう……と。

『好き……大好き。私のせいで不幸にしてしまうかもって思っても、この気持ちを止めることができなかった』

『不幸になんてなるものか。俺だってずっと好きで、止められなくて……こんなところまで追いかけてきたんだ。今さら逃さないよ――』

あの夜の彼との会話を思い浮かべつつ、由姫はニーナに微笑みかける。

『ハルにはきっとあなたのような素敵な女性のほうがお似合いなんだと思います。ですがハルが私を好きだと言ってくれる間は、一緒にいるつもりです』

そのとき到着音が鳴り、エレベーターが一階に止まった。由姫が『開』ボタンを押して彼女が先に出るのを待つ。

ニーナがツンと顎を上げて歩き出し……エレベーターを降りる直前にポツリと呟く。

『本当だ、私が〝third wheel〟だった。あの日、無理してでもプロムに行けばよかった』

彼女の声が湿り気を帯びているように聞こえたけれど、その背中を見送る由姫には彼女の表情を見ることはできなかった。

見送りはいらないというニーナにハイヤーを使わせ、由姫たちはタクシーで昨日と同じスタジオに向かう。

プロのメイクアップアーティストに化粧を施され、ノアが用意した『Dear my Snow』の服を着る。ヒールの高いブーツを履いてスタジオに入ると、ベージュのチノパンに黒いカットソーとカーディガンを合わせたカジュアルスタイルのハルが待っていた。

ペアルックではないが、由姫が着ている服とさりげなく色合いが同じだ。

白い背景布をバックに立つと、ライトに照らされ一誠にカメラを向けられる。さすがに緊張して身体が震えてきた。

「由姫、とても綺麗だよ。一誠に撮らせたくないな」

突然ハルに耳元で囁かれる。

「えっ、何を言ってるの?」

見上げたところでコツンとおでこを合わせて見つめられた。

「しあわせホルモンのせいかな、由姫がいつにも増して輝いてるんだけど」

その言葉に昨夜の行為を思い出して顔を赤くすると、「ほら、やっぱり見せたくない」と抱きしめられる。

由姫の顔がハルの腕の中にすっぽり覆われた瞬間にカシャカシャとシャッターが切られた。

——あっ、ハルはリードしてくれてるんだ。

慣れていない由姫のために言葉をかけてリラックスさせ、なおかつ顔が隠れる構図になるよう誘導してくれているのだ。

そのときスタジオのＢＧＭが変わり、記憶にある曲が流れはじめた。

——この曲は……!

嬉しくなってハルを見上げると、彼も同じ場面を思い浮かべていたらしい。

「シンデレラ、俺と踊っていただけませんか?」

楽しげに目を細めて右手を差し出してきた。

「ふふっ、撮影中でしょ」

冗談だと思っていたのに、ハルは不敵に口角を上げ、由姫の手の甲に口づける。

背中に手がまわされ「さあ、右足からだ」と囁かれると、自然に足がステップを踏んでいた。

まるであのプロムの夜の再現だ。

踊りながら強く抱き寄せられ、彼の胸に額をつける。

カシャカシャと鳴り響くシャッター音が遠ざかり、「由姫、愛してる。俺だけを見ていて」

と言うハルの声だけが聞こえた。

――失いたくないな。

彼と少しでも長く一緒にいたい。この時間がずっと続けばいいのに……と思う。

――守りたい。

彼の笑顔を、このしあわせを。

そのためには逃げるのでも諦めるのでもなく、自分で解決しなくてはならないのだ。

――立ち向かおう、勇気を出して。


その後もハルのリードで順調に撮影が進み、『オッケー、お疲れさま』という一誠の声で我にかえる。気づけばいつの間にやら撮影が終了していた。

『ハル、ユキ、いいのが撮れたからな』

その言葉を聞いた途端に力が抜けた。

放心状態でセットのソファーに座りこんでいると、横からハルに、「頑張ったね、ご苦労さま」と頭を撫でられる。

「私、大丈夫だった？　役に立てた？」

「とてもよかったよ、俺だけで独り占めできたらもっと最高だったけど」

心配顔の由姫に、彼はフワリと微笑んでみせた。

この撮影で日本での主な作業は終了したらしい。

街をぶらつくというノアと一誠とはスタジオで別れ、由姫はハルにハイヤーで送ってもらうことにした。

「本当にデートしないの？」

残念そうな顔をするハルに、由姫は「ごめんね」と笑顔を作ってみせる。

時刻は午後一時すぎ。まだ日は高く、いつもであればこれから一緒に出かけるところだが……今日はどうしても行かなくてはならない場所がある。

ハイヤーが向かっているのは、東京都南部に位置するベッドタウン、町田(まちだ)市。そこにある古い商店街に、由姫の伯母、千代子(ちよこ)が経営する美容院と、由姫も十ヶ月だけ住んでいた家がある。

由姫は今日そこで過去に決着をつけようと、密かに決意していた。

「こんな遠くまで、わざわざ送ってくれなくてもよかったのに」

「いや、少しでも由姫と一緒にいたいし」

本当は一人で電車で行くつもりだったのだが、ハルがどうしても送ると言って聞かないので、近くで降ろしてもらうことにした。

商店街の入り口まで来たところでハイヤーを停めてもらい、由姫だけ外に出てハルを見送る。

それからクルリと向きを変えて千代子の店の方角へと歩き出した。

見慣れた商店街だが、懐かしいというよりは恐怖心のほうが強い。

ここにはいい思い出が一つもなかった。できれば二度と来たくはなかったけれど……いつまでも逃げ続けるわけにはいかないのだ。

——ちゃんと決着をつけたうえで、ハルにすべてを話す。

そう決めたから。

鎌倉でハルに買ってもらった『愛』のお守りを胸元で握りしめると、自分を奮い立たせて足を進めた。

しかし美容院の前までできたところで、突然うしろから声をかけられた。

「おい由姫、どこに行くんだよ」

──えっ⁉

何度も聞いてきた粘着質な低い声。恐る恐る振り返ると、そこにはジーンズのポケットに両手を突っこんでニヤニヤしながら立っている沖上がいた。

「ちょうどよかった、今からおまえのアパートに行こうと思ってたんだけど、手間がはぶけたわ。千代子がいるとうるさいからあっちで……」

掴まれた腕をバッと振り払い、由姫は彼から距離を取る。

身体が震え出す。けれど必死で声を振り絞った。

「私も……ちょうどよかったです。今日はあなたと伯母に話をしに来ました。今から一緒にお店に行ってください」

この男と二人きりで話をするつもりはない。

まだ営業時間中ではあるが、以前から客が少なかったため、千代子と話す時間はあるだろう。もしも接客中であれば店のソファーで待たせてもらうつもりだ。

そう言って店のドアノブに手をかけたが、続く沖上の言葉で心臓が止まる。

「さっきの男は誰だよ。アメリカ人？　いい車に乗ってたな」

反射的に振り返り、「どうして？」と目を見開く。

──ハルと一緒にいるところをこの人に見られていたの？

きっとそうなのだろう。

沖上はいつものように由姫からお金をせびろうと駅に向かう途中で、高級ハイヤーから降りてくる由姫を見かけたのだ。そして窓から顔を出すハルを見て、金蔓(かねづる)になると思ったのに違いない。

案の定、「いい男を捕まえたな。これからはあいつに金を出してもらえよ」と言い出した。

——ああ、写真に顔が写るとかそんなのは関係ない。

由姫の存在自体がハルの足枷(あしかせ)になる。近くにいるだけで、今後もこういうことが起こってしまうのだ。

絶望感に押しつぶされ、心が挫(くじ)けそうになる。

——だけど、もう逃げたくない。

その勇気をハルがくれた。こんな自分を愛してくれた。あのプロムの夜と、この一ヶ月の思い出さえあれば、これから一人になったとしても生きていける。

だから……。

「沖上さん、一緒に来てください」

由姫はそう言って美容院のドアを開けた。

店内には客が一人もおらず、千代子は隅のソファーに座って雑誌を読んでいた。ドアが開いた途端に顔を上げたが、そこにいるのが客ではなく由姫だとわかると面倒くさそうに顔をしかめる。

「なんだい、来月分の借金の返済を待ってくれって言うのなら聞けないよ」

しかしあとから沖上が入ってきた途端に立ち上がり、由姫を押しのけて彼のもとに駆け寄った。

「哲ちゃん！　二日間もどこに行ってたの？　……まさかこの由姫と会ってたんじゃないだろうね」

千代子が由姫を振り返り睨みつけていると、沖上が「まあまあ、落ち着けよ」と千代子の肩を抱く。

「それよりもさ、由姫が金持ちの男を咥えこんだみたいだぜ。なぁ？」

「あの人は通訳の仕事でご一緒していただけです！　それも今日で終了しました。もう関わることはありません」

由姫は慌てて土下座すると、フローリングの床に両手をついて沖上を見上げる。

「沖上さん、私と一緒に病院に行ってください！」

「はぁ？　おまえ、何言ってるんだ」

沖上が怪訝そうな顔をするも、由姫は構わず言葉を続けた。

「病院でもう一度診てもらえば、もしかしたら左手の痺れが治るかもしれません。リハビリが必要なら、私が付き添いますから！」

「はぁ、リハビリ？　今さらそんなのに行くはずないだろう！　それに俺が病院でおまえに切りつけられたって言えば、傷害罪で即逮捕だぞ」

「構いません。私のしたことが罪になるというのなら、黙って罰を受けます」

由姫が一歩も引かないとみると、沖上は千代子に「おい、おまえの姪っ子、どうなってるんだよ」と顎をしゃくる。

「由姫、あんたぶたれたいの⁉　学生だったあんたの面倒を見てやったのは誰だと思ってるんだ！　いいから黙ってお金だけ持ってくればいいんだよ！」

それでも由姫は、絶対に譲る気はなかった。

今まで戦うことを避けてきた。いくら理不尽だろうと苦しかろうと、黙って耐えていれば明日は来る。仕事があるし友達だっている。つらい日々の中にも楽しみはある。それでいいじゃないかと自分を誤魔化してきた。

けれど……。

——何よりも大切にしたいものができたから。

由姫は床に額をつけて、再び懇願した。

「伯母さん、ごめんなさい。もうお金は渡せません。父の借金が残っているのであれば、私が無給で店のお手伝いをします。それで許してください！」

千代子が唇をわななかせ、沖上が一歩前に出る。

「おまえはゴチャゴチャ言ってないで金を持ってくればいいんだよ！」

「沖上さん、お願いです、一緒に病院に行ってください」

「しつこいんだよ！　さっきの男にでも泣いて頼んでこい！」

「イヤです、絶対にそんなことしません。彼に迷惑をかけるくらいなら、ここで殴られて死んだほうがマシです！」

そのまま涙を流して叫び続ける。

「彼とはもう一切の関係もないんです！　本当です、二度と会うこともありません。私が一生かけて償います！　ですから……」

「……由姫、勝手に死ぬなんて言っちゃダメだ」

――えっ!?

ハッとして顔を上げると、店の入り口にハルが立っていた。うしろにはブリーフケースを持ったスーツ姿の男性を従えている。

「ハル、どうして⁉」

彼はそれには答えずツカツカと歩いてきて由姫の腕を引いて立たせた。そして自分のうしろに庇うようにして千代子たちに向き合う。

「おまえたち最低だな。本来なら由姫のものであるはずの遺産を食い潰した挙げ句、まだ苦しめようとするのか。そんなの俺が、絶対に許さない！」

するとスーツ姿の男性が千代子と沖上のもとに行き、それぞれに自分の名刺と分厚い書類の束を渡す。

「私は日野法律事務所の日野冬馬と申します。あなた方は天野由姫さんが引き継ぐべき財産を私物化したばかりか、いわれのない借金や罪を騙って長年にわたり彼女から金品を詐取してきました。また、無理な労働も強いていたことから、業務上横領の罪に詐欺罪、労働基準法違反を問われる可能性があります」

沖上と千代子が顔を見合わせ狼狽えだした。

「おい、千代子、これはどういうことだよ！」

「私だって知らないわよ！」

言い合いを始めた二人をハルが遮る。

「沖上、そりゃあ病院になんて行けないよな。行ったらすぐに仮病がバレちゃうもんな。金蔓を失うわけにはいかないよなぁ～」

「なっ、何を言って……」

「由姫の伯母さん、あなた客の選り好みをしすぎだよ。その男がちょっかいかけないように若い女性客を片っ端から断ってたらさ、そりゃあ店も傾くに決まってるだろ」

「どうしてそれをっ!?」

ハルは二人を交互に睨みつけてから、千代子に向かって畳みかける。

「必死に貢いでいるとこに水を差して悪いけど、あんたの男、ほかの女との間に子供がいるよ」

――えっ!?

これには千代子だけでなく由姫も驚いた。

思わず「嘘でしょ」と呟くと、うしろを振り向いたハルが、「本当だよ、沖上は内縁の妻との間に男の子をもうけている。もう二歳だ」と告げた。

「内縁の妻？　子供って……哲ちゃん、嘘だよね」

千代子の手から、書類がバサリと床に落ちた。彼女が縋るような目をして沖上の肩を揺するも、彼はその手を払いのけて舌打ちする。

「だったらなんだよ、どっちとも籍を入れてなきゃ自由恋愛だろう。文句言われる筋合いはねぇよ」

「あんた、私が今までいくら貢いだと思って！」

「そんなの知るかよ。おまえが勝手にくれたんだろ。それで若い男と寝られたんだからラッキーだっただろうが」

「このっ、クソ野郎が～っ！」

千代子が鬼のような形相で沖上に掴みかかった。右手を振りかざして殴りかかろうとしたところを沖上に突き飛ばされ、勢いよく尻餅をつく。

彼女は書類が散らばる床から唖然とした表情で彼を見上げ、そして最後は床に顔を伏せて号泣しだした。

そんな千代子を見る沖上の目は冷ややかだ。

「あ～あ、どいつもこいつも面倒くせ。年増女の美容院は儲からないし、もう片方は子供の認知がどうのってうるさいし。でもまあ、あっちの女のほうが身体で稼いでくるだけマシかな。俺、もう行くわ」

そう言って出て行こうとする沖上をハルが呼び止める。

「ちょっと待て！　……由姫、こいつらをどうしてほしい？　奪われた遺産はもう戻らないが、この店を売ればいくらかは返済させられる。憎くてたまらないというのなら、一生アンダーグラウンドで働かせてもいいし、手足を縛って海に沈めてもいい。由姫が望むようにしてあげる」

「おっ、おい、何言って！」

狼狽える沖上をチラリと見てから、由姫は首を横に振った。

「ううん、それはもういいの。私はただ、平和な生活を送りたいだけ」

それを聞いてハルはうなずくと、床に落ちていた書類のうち一枚を拾い上げて、ペンと共に沖上に差し出した。

「今すぐこの書類にサインをしろ。二度と由姫に関わらないという誓約書だ」

沖上は無言でそれをひったくり、近くのガラステーブルでサインする。

「はいはい、おっかないね。こんなヤバいのがバックについてる女になんか手を出すかよ」

そう言って書類をハルに渡す。

今度こそ出て行こうとしたところを次は日野弁護士が呼び止めた。

「お待ちください。私はあなたの内縁の妻である順子（じゅんこ）さんから依頼を受けまして、正式に彼女の代理人となりました」

「はぁ？」

「順子さんおよびその息子さんに対しての接近禁止命令が発令されておりますので、今後は彼女への接触はせず、何かあれば私を通してくださるようお願いします」

「おまえらフザケんなよ！　これって脅迫じゃねぇのかよ」

そこにハルの地を這うような低い声が重なる。

「ああそうだよ、おまえたちが由姫にしたように、今度は俺がおまえたちを脅迫してるんだ」

「ちょっ、何言って……」

ハルは沖上と千代子を交互に睨みつけながら、すごみのある声音で続ける。

「由姫に群がる虫けらどもは、俺が全力で叩き潰すって言ってるんだ。俺にはそれだけの力がある。社会的にとか、そんな生っちょろいのじゃないぞ。俺が使えるもの全部を使って、おまえらの人生丸ごと、この世から抹殺すると言ってるんだ。それがイヤなら絶対に由姫に近づくな。いや、姿を見せるな。街ですれ違うだけでも許さない、わかったか！」

ハルが近くの壁を勢いよく殴りつけると、ドンッ！　という大きな音とともに拳大の窪みができた。

その場がシンと静まりかえる。

「なっ、なんだこれ、もう意味わかんねぇよ。千代子、おまえが適当に始末つけろよ！　じゃあな！」

そう言い捨てると、沖上は逃げるように去って行った。

ハルは地面に泣き伏している千代子にも書類を差し出しサインさせると、由姫の肩を抱いてハイヤーに乗せる。

日野弁護士も乗りこんだのを確認してから運転手が車を発進させた。

「あの……私、何がなんだか」

二人の顔を交互に見ながら由姫が戸惑っていると、ハルが由姫の手を握り、安堵の息を吐く。

「由姫、お願いだから、もう一人で危険なことをしないで。店に入ったときに由姫が土下座しているのを見て、心臓が止まるかと思ったよ」

「あのときはとにかく必死で……でもハル、どうしてあそこに？」

「由姫が思い詰めていることを、俺が気づかないと思う？」

なんとハルは、由姫と再会して二日目の鎌倉デートの時点ですでに、由姫の言動に違和感を持っていたのだという。

そこで知人に紹介してもらった興信所に由姫の身辺調査を依頼し、由姫の窮状を知った。

「勝手なことをしてごめん。由姫に詳しく聞きたかったけれど、本人が隠したがっている傷を無理に抉るのは違うと思ったんだ。それで、由姫が自分で言ってくれるのを待っていたんだけど……」

「ごめんなさい。私のことにハルを巻きこんじゃいけないと思ったの。結局助けてもらってしまったけれど」

「それはいいんだ。おかげでこちらもいろいろ準備する時間ができたんだから」

ハルが千代子と沖上について調べていくうちに、沖上には五年間一緒に暮らしている順子という内縁の妻がいるとわかった。しかも子供までもうけている。

「順子さんは交際当初から沖上に結婚を仄めかされていたらしい。子供が生まれてからも認知せずのらりくらりと交わされて、おかしいとは思っていたそうだ。それでも千代子の存在にはまったく気づいていなくて、沖上が美容院で真面目に働いていると信じていた」

ハルが雇った興信所の所員からすべてを知らされ激怒した順子は、沖上と別れることを決意。同時になんらかの責任を取らせたいと考えた。

そこでまたしてもハルの人脈を頼り、優秀だと評判の日野弁護士に依頼。

日野弁護士のアドバイスで沖上を結婚詐欺で訴えることになり、その前に順子と子供の安全確保のために接近禁止命令を発令させた。

「由姫が今日、この商店街に行くと聞いて、絶対に伯母さんに会うんだと思った。慌てて日野弁護士に連絡をして、ここに来てくれるよう頼んだんだ。間に合ってよかったよ」

うしろの席から日野弁護士が補足する。

「訴訟の手続きを進めている最中だったので、今日の沖上の発言を録音できたのは、大きな収穫でした」

「日野先生には本当にお世話になりました。急にお呼び立てして申し訳なかったです」

ハルが振り向き、日野弁護士と握手を交わす。

「いや、私もああいう連中が許せないので」

身内の立場を利用して甘い汁を吸おうとする人間は許さない。絶対に罪を償わせる……と、日野弁護士は力強くうなずいていた。

＊＊＊

「――ここが私の住んでいるアパート」

日野弁護士を彼の事務所へと送り届けてから、由姫はハルと一緒に自分の住むアパートに来ていた。

木造二階建ての古ぼけた建物を見せるのも、薄暗く狭い部屋にハルを入れるのにも勇気がいった。

けれど彼にはもう何も隠すことはないし、隠すつもりもない。自分のすべてを知ってもらいたいと思ったのだ。

二人並んで築三十年のアパートを見上げてから、由姫の先導でカンカンと金属音を立てて階段を上がって行く。

部屋の玄関に入った途端、ハルが息を呑むのがわかった。

「この一部屋とキッチンしかないの。さあ、入って」

四角い折り畳み式のテーブルを広げ、麦茶を入れたグラスを二つ置く。向かい合って薄っぺらい座布団に座った。

「ソファーじゃなくてごめんなさい。足が痛かったらそこのベッドに腰掛けて」

あまりの狭さに驚いているのか、さっきからハルは一言も発していない。

――やっぱり、生活レベルが違いすぎてショックだったのかもしれない。

落胆する気持ちを誤魔化すように、由姫はわざとおどけてみせた。

「ふふっ、狭くて驚いたでしょ。ハルから見たら犬小屋サイズよね」

「……由姫、ありがとう。俺……感動してる」

「えっ？」

ハルはテーブルをまわりこんで由姫に向かって座りなおすと、瞳を潤ませながら微笑んだ。

「やっとここに来ることができて嬉しいよ。ここで由姫は頑張ってきたんだね。その大切な場所に、俺を迎え入れてくれてありがとう」

その言葉を聞いた途端、張り詰めていた糸がぷつりと切れた。両目から涙が溢れだす。

「私、沖上に、女にはお金を稼ぐ手段なんていくらでもある……って言われて、心が揺れたこともあったの。けれど、苦しい生活から逃れるために流されて、自分の夢やハルとの思い出を汚したくはなかったから……」

「由姫、おいで」

彼が両腕を広げ、筋肉質な胸にポスンと抱き寄せられる。

「つらいときに俺のことを思い出してくれて、ありがとう。よく頑張ったね。俺がいるからもう大丈夫」

頭をポンポンと優しく撫でられながら、唇を噛み、頬を震わせた。

「由姫、唇を噛まないで。何も我慢しなくていいんだよ」

「私……思いきり泣いてもいいの？」

「うん、俺の胸で泣いて」

その瞬間、感情が決壊した。

溢れ出した気持ちはとめどなくて、もう蓋をすることができない。

「うわ――――っ！　あ――――っ！」

部屋の壁が薄いことも忘れて大声で泣いた。まるで幼い子供のように。

こんなふうに思いきり泣いたのはいつぶりだろう。

両親が亡くなったときでさえ、目の前に次々と起こった出来事に茫然とするばかりで、誰かに甘えて泣くなんて余裕がなかった。

一度感情を吐き出してしまったら、そのまま絶望の海に溺(おぼ)れてしまいそうで怖かった。だから蓋をした。

悲しみや憎しみに呑みこまれないよう、自分を見失ってしまわないよう、必死に足掻(あが)いてきたのだ。

「由姫は頑張った。由姫はいい子だ……愛してるよ、大好きだ、I love you……」

背中をゆっくり撫でながら、穏やかな声で何度も繰り返すそれは、まるで子守唄みたいに心地よくて。

母親の温もりや父親の大きな手のひらを思い出して、また泣いた。

――そうか、私には泣ける場所ができたんだ。

もう大丈夫。いくら涙を流しても、悲しみの海には沈まない。

いつかまた溺れそうになったとしても、その手をハルが掴んで引き上げてくれるから。

――そしてもしも彼が溺れそうになったときには……今度は私が彼を引き上げる、そんな存在になれたらいい。

どれくらい経っただろうか。

気づけば部屋の中も外も暗くなっていて、カーテンを開けたままの窓からは電気の灯った周囲の建物と月明かりが見える。

由姫がヒックヒックとしゃくり上げていると、ハルが自分の着ているカットソーで涙を拭ってくれた。

「ごめんなさい……ハルの服を汚しちゃう」

「いいよ、もうとっくに濡れちゃってるし」

「あっ、本当にごめんなさい！」

薄暗がりの中、涙と化粧でぐちゃぐちゃになっているハルの白いカットソーがぼんやりと見えた。きっと高級品なのにと申し訳なくなる。

「いや、由姫、そんなことより、もっと謝ることがあるんじゃないかな」

急にガッと両手で頬を挟まれて、上を向かされた。

ハルが至近距離からムッとした表情で見つめている。いや、睨んでいる。

「……今日は本当にご迷惑をおかけしました。いろいろ黙っていて、ごめんなさい」

「違うよ、謝るのはソコじゃないでしょ」

——えっ？

あとは何があったかと首を傾げると、ハルが大きなため息をついた。

「由姫、いくら思い詰めたにしても、恋人に対して『もう関係ありません』は酷くない？」

「えっ、なんのことか……あっ！」

そこでハッと思い出す。そういえば沖上にハルの名前を出されたときに、そんなようなことを叫んだ気がする。

「だってハルに迷惑をかけられないから……」

「それっ！　由姫はさ、あんなヤツのイヤがらせくらいで俺が潰れると本気で思ってたの？　そんなに俺って頼りない？」

「それは……」

――だってハルはシュナイダー家の御曹司で、実業家でモデルで……。

「俺はどんなイヤがらせや妨害をされるよりも、由姫に関係ないとか二度と会わないって言われたことのほうがショックだよ。ダメージが大きすぎて、店の外で聞き耳を立てながら、泣いちゃいそうだった」

「ふふっ、泣いちゃいそうって」

「あっ、笑ったな！　その口を塞いでやる」

顔を固定されたままムチュッと唇を押しつけられ、そのまま舌で口内を舐めまわされる。

「んっ……は」

チュッとリップ音をさせていったん離れて、見つめ合って。そのときにはもう、お互いの目には官能の色が灯っていた。

「由姫、迷惑をかけてよ。何が起ころうと俺は負けないし、そんなことくらいで俺が由姫を手放せるはずがない」

「うん」

「さっきの言葉、取り消す？」

「うん」

「それじゃあお詫びに、今からこの部屋で、由姫をめちゃくちゃにさせてくれる？」

「……うん」

甘ったるく囁かれて、もう下半身が潤ってきた。

そこからは同時に無言で立ち上がり、すぐ近くのベッドに倒れこむ。

もつれるように洋服を脱がせあって、キスをして。

「あっ、シャワー」

「そんなのいらない」

首筋を舐め上げられて「あ……っ」と吐息を漏らす。

「由姫があんな男の言いなりにならなくてよかった、本当に」

ハルが鎖骨から胸に向かって啄むように唇を移動させながら、実感のこもった声で独りごちた。

「由姫にこうして触れていいのも感じさせるのも、俺だけ。……そうだろ？」

「うん、ハルだけ」

——恋するのも、キスするのも抱かれるのも……全部ハルがはじめて。

沖上の言いなりにならなくてよかった。

お金の誘惑に負けなくてよかった。

「ハルでよかった」

「由姫っ、俺の……」

それが合図かのようにハルが身体の隅々まで丹念に舌を這わせていく。

胸の頂から脇腹、へそや指先まで、ありとあらゆる部位を丁寧に舐め上げ、赤紫の痕を残す。

もうそれだけでも気持ち快くて、何度も達しそうになってしまう。

彼の顔が下半身まで移動すると、立て膝で大きく脚を開かれて、小さな粒を舌先で剥き出しにされた。今度はソコを舌で転がされ、腰が浮く。

「あ……っ、やぁっ！」

「イっていいよ」

蜜壺に指を差し入れ激しくかき混ぜながら、同時にプックリと勃ち上がった蕾を強く吸い上げられる。

「あっ！　やっ、もうっ……イクっ！」

甘い痺れが全身を駆け抜け、胸を反らしてのけぞると、由姫はあっという間に絶頂を迎えた。

「由姫、おいで」

グッタリしているところを脇からハルに抱え上げられ、ベッドに足を投げ出して座る彼の上に跨がされた。

「俺の首に両腕をまわして」

言われるままに彼の首に抱きつくと、耳元で「そのまま自分で挿れて」と囁かれる。

――えっ？

何を挿れるかなんてわかっている。二人の間にはハルの立派な剛直がそそり勃っていた。

「コレを、座ったままで？」

「うん、由姫とキスして抱き合って、ぴったりくっついたままで繋がりたい」

蠱惑的な瞳で見つめるハルと彼の屹立を交互に見やり、由姫はコクリとうなずいた。

彼が喜ぶことならなんだってしてあげたいと思う。

――それに私だって……。

今すぐ彼がほしいのだ。

唾を飲みこんでからゆっくりと腰を上げ、天井を向いて反り返っている先端を自分の中心にあてがった。ゆっくりと腰を沈ませる。

「うっ……あ……っ」

十分潤っているソコは、クチュッと卑猥な音を立てながらハルの切っ先を受け入れる。

思いきって腰を落としきった途端に最奥まで到達した。

「ああっ！」

隘路をみっちりと埋め尽くす質量と、子宮を貫く強い刺激に身もだえる。

ハルに抱きついたまま動けずにいると、由姫の腰に手をまわしたハルに小刻みに揺らされた。

「あっ、イイっ！」

「は……っ、由姫の締めつけが、すごい……」

めちゃくちゃにすると言っていたのに、ハルの動きはとても甘ったるい。

舌を絡めたキスの合間に耳朶を舐めたり息を吹きかけたり。そしてゆるりと腰を回したり押しつけたりしつつ、ゆっくりと快感を高めてくる。

けれどマグマのように疼きの溜まった身体には、もうコレだけでは物足りなくて。

せがむように彼の胸板に乳房を押しつけると、彼がクスリと笑った。

「いいよ、由姫。俺が見ててあげるから、好きなように動いてごらん」

その言葉に、羞恥心よりも欲望がまさった。

ハルにキツく抱きついて、腰を前後に揺すってみる。水っぽい音と共に花弁がめくれ、剥き出しの蕾が擦られる。

あっという間に波が押し寄せてきた。

「あんっ、あっ、ハルっ、イイっ！　もう、もうっ」

「もっとエロい顔を見せて」

彼の首から腕を引き剥がされ、今度はうしろ手でシーツに手をつき腰を振る。

目の前で自分の胸がブルンと揺れた。

「……っは、由姫、最高だ……っ」

彼の歓喜に満ちた顔を見たら、子宮がキュンと収縮した。もう止まらない。

ハルの熱い視線を感じながらひたすら腰を動かし続けると、喉を晒して嬌声を上げ、二度目の絶頂を迎えた。

今度は正常位で入ってきたハルに激しく腰をぶつけられる。

「あっ、ハル、もっと、もっと奥まで突いて……っ！」

「ハッ……由姫のナカ、いつも以上にグチョグチョだ。そんなに快いの？」

「快いっ、気持ちイいっ！　ハルっ、好き……っ」

「由姫……っ！」

すべての悩みから解放された交わりは、いつも以上に情熱的だ。

窓のカーテンが開いたままなのも隣に声が丸聞こえなのも脳裏から吹き飛んで、ただただお互いの身体と快感を貪（むさぼ）った。

時間も回数も忘れて繰り返し繋がって……最後は何度目かの絶頂を迎えた瞬間に目の前で光が弾（はじ）け、由姫は意識を手放した。

8、もう絶対に、逃さない　ｓｉｄｅハル

人一人がやっと入るくらいの小さな浴槽で軽く身体を洗い流すと、ハルはバスルームを出て身体を拭いた。

部屋の住人が寝ている間に勝手に中のものを使うのは気が引けたが、さすがに全身が汗や体液でドロドロのままではいられない。

──狭いな。

本人を前にしては口に出さなかったが、このアパートは年頃の女性が住むにしては古くて質素すぎだと思う。

これもあの伯母とそのヒモ男のせいだと思うと、今でもはらわたが煮えくり返る。

──けれど、これでやっと救い出せた。

昨日、由姫が土下座しているのを見たときには頭に血がのぼって、その場で沖上を殺してやろうかと思ったが……。

そんなことをしたら今ごろ由姫とはこうしていられなかった。耐えた自分を褒めてやりたい。

ハルはベッド脇に立って由姫の顔をのぞきこむと、彼女が寝息を立てて熟睡しているのを確認してから部屋の隅に行く。壁を背にして座りこみ、スマホをタップして電話をかけた。

『――ニックか、ああ、トラブルが片づいたお礼を言いたくて。おまえがいろいろ紹介してくれたおかげで本当に助かったよ、ありがとう』

ニックには本当に世話になった。まだ日本では自由に動きまわれないハルと違って彼は在日歴が長く、こちらでの人脈も情報量も桁違いだ。彼の協力なしでは今回の問題も解決できなかっただろう。

――間に合ってよかった、本当に。

ハルは穏やかな表情で眠っている大切な恋人を見やりながら、これまでの三週間を振り返った。

＊＊＊

鎌倉に出かけた日に由姫の煮え切らない態度に違和感を抱いたハルは、親友であるニックを介して興信所に由姫の身辺調査を依頼した。

かげでコソコソと探るのはフェアではないとわかっていたが、悩みがあるのなら助けてやりたい。

それに無理に聞き出そうとしても、距離を置かれてしまうだけだと思ったのだ。

調査の結果、多くのことが判明した。

まずは由姫の住居。

築三十年の老朽化したアパートは、写真で見ただけでもそこがあまり快適ではない環境だというのがうかがえる。

——大学時代から通訳と翻訳をしていると聞いていたが、それでも経済的に厳しいのか？

由姫の洋服や持ち物を見ても特に贅沢(ぜいたく)をしているようには見えないし、車だって持っていない。そもそもプロムの日にドレスの値段を気にしていたような子だ、経済観念がないとは思えなかった。

——亡くなった両親に借金はないし、由姫が受けた奨学金も返済不要のものが大半だ。お金の流れを調べる必要があるな。

次に、由姫の伯母について。

そのあたりについては、鎌倉で由姫本人から、両親が亡くなってすぐに伯母に引き取られ、お店の手伝いをしながら高校を卒業させてもらったと聞いていた。

しかし実際には、そんな生やさしいものではなかったのだ。

天野千代子は、美容師募集の張り紙を見てやってきた十歳も年下の沖上哲也（てつや）に夢中になり、彼の浮気を防ぐために若い女性客の予約を次々と断っていた。当然客足が遠のき、経営状況は瞬く間に悪化していった。

沖上は前に働いていた美容院で同僚と客の両方に二股をかけ、さらに結婚詐欺まがいの甘言（かんげん）でお金を巻き上げていたことがバレてクビになっている。まさに今回と似たようなことを過去にも繰り返してる常習犯だ。

大手の美容院ではこのことが知れ渡っているため雇ってもらえず、フラフラしていたときにたまたま千代子の店の張り紙を見て働きはじめたのが、今回の事件のはじまりだった。

千代子の兄夫婦が事故で亡くなりその一人娘に財産が渡ると知った沖上は、千代子に由姫を引き取らせ、未成年後見人にすることに成功。それまで付き合っていた女の家を出て千代子のもとに転がりこんできた。

そして由姫のものであるはずの遺産を使って美容院を改装させたり自分に貢がせたりして、悠々自適な生活を始める。

それでも最初のころはヘアスタイリストとしてたまに店に出ていたようだが、八年ほど前からは左手を怪我したことを理由に働かなくなっていたらしい。

その割には沖上が周辺の病院で治療を受けていた形跡がなく、左手が使えず不自由している様子もない。

実際、パチンコ店や飲み屋に頻繁に顔を出し、女に声をかけては遊び歩いていたようだから、ただ単にサボるための口実にしていたのだろう。

一方、千代子に引き取られた由姫は継母にいじめられるシンデレラのごとく、過酷な生活を強いられていたようだ。

学校帰りに制服のままスーパーで買い物を済ませ、帰ってからは美容院の手伝いをさせられていた。

千代子の店の営業時間は午前九時から午後六時までなのだが、由姫が早朝に店の前の掃き掃除をしているところや閉店後の戸締まりをしている姿を近所の住人に目撃されていることから、日常的に酷使されていたことは明白だ。

それでも由姫は成績優秀だったというし、奨学金を得て大学進学をしたのだから立派なものだと思う。


さて、不可解なのはここからだった。

さらに調査を進めてもらったところ、由姫は就職後もときおり千代子の店をおとずれ、お金の入った封筒を手渡していたという。

それは、千代子が客の目の前で封筒に入っているお札の枚数を数えていたという話から間違いのない事実だ。

同時に沖上が由姫のアパート周辺でたびたび目撃されているという情報も入ってきた。

おまけに興信所の所員が由姫のアパートに行ったとき、ポストに『また来るから金を用意しておけ』と書かれたメモが挟まれているのを発見したという。

——あいつらは遺産を遣いこむだけでなく、由姫からも直接お金を巻き上げているのか⁉

色ボケした伯母と彼女に寄生したクズ男による財産遣いこみ。ここまでの流れはわかりやすいくらい単純で、ハルでも容易に全体像をつかむことができた。

しかしそこから先がわからない。

由姫は大学進学とともにアパートで一人暮らしをはじめ、千代子からは独立しているはずだ。

自分自身が質素な生活をしている由姫が、どうして千代子にお金を渡す必要がある？

沖上が個人的に由姫に接触しているのはなぜなんだ？

——優しい由姫が千代子に援助をしているのか？

いや、違う。それならば由姫からもっと親しげに伯母の話が出てきてもいいはずだ。むしろ彼女はその話題を避けている。

——沖上は千代子に頼まれて由姫のお金の回収に行っている?

嫉妬深い千代子が、沖上にそんなことをさせるはずがない。

ハルは、由姫がなんらかの理由で千代子と沖上、両方に強請(ゆす)られており、そしてハルにそれを告げることができず、一人で思い詰めているのだと結論づけた。

その後、沖上には順子という内縁の妻と二歳の息子までいるということがわかったため、ハルは所員を順子に接近させることにする。

所員が『沖上が付き合っている女から依頼を受けた』という体(てい)で順子に千代子の存在を告げると、彼女は激しく怒り、すぐに沖上との別れを決意した。

順子は沖上から『いずれ籍を入れる』と言われ続けて付き合ってきたが、息子が生まれても認知すらせず、のらりくらりと逃げ続ける姿に愛想を尽かしていたそうだ。

子供がいるからと我慢してきたものの、ほかにも同じような女がいたとなれば話は別だ。慰謝料を取って追い出してやると息巻いた。

ここで再びニックの出番だ。

彼の情報網を駆使して家庭内のトラブルや財産問題に詳しい弁護士を探してもらったところ日野弁護士に行きあたり、費用は全額こちらが負担する形で順子の相談を引き受けてもらう。

沖上の行為が結婚詐欺に該当する案件ということで民事訴訟の準備を開始していたところ

……とうとう昨日の出来事が起こった。

由姫が決死の想いで千代子と沖上に立ち向かい、その結果、ハルの帰国まで残り一週間というところでどうにか事件の解決を迎えたのだった。

＊＊＊

——それにしても、沖上の手の怪我が由姫によるものだったとは……。

徐々に新事実が発覚するなかで、由姫があの二人にお金を渡し続ける理由だけが最後の最後までわかっていなかったのだが、美容院の外で立ち聞きした話でようやくすべてが繋がった。

由姫は、ありもしない『父親の借金』と、病院にかかってもいない沖上の『大怪我』に負い目を感じ、ずっとあいつらの言いなりになってきたのだ。さぞかし苦しんだことだろう。

沖上を失った千代子が今後どうするのか、順子に訴えられた沖上が賠償金を支払えるのか、そんなのはもう、自分にとってはどうでもいいことだ。

ただ、由姫に被害がおよばなければ……の話だが。

【ハル、また面倒なことが起こるようなら、俺が知ってる〝業者〟を紹介してやるけど？】

電話の向こう側からニックの愉快そうな声が聞こえてくる。

ハルが沖上たちに物騒な言葉を吐(は)いたものの、実際にはそんなアンダーグラウンドの知り合いはいないし接触したこともない。

あれは今後由姫に手を出させないためのただの脅しだ。

ニックに頼めばいくらでも実現可能だろうし、これまでの由姫の苦痛を考えたら、あいつらを捕まえて由姫が知らないうちに八つ裂きにしてやってもよかったが……。

——いや、それじゃダメだ。

ハルだって自分が周囲からどう見られているか、自分の家がどれだけの力を持っているかを知っている。

ハルに近づきたいものやシュナイダー家の力を利用しようとするヤツらが、今後いくらでも由姫に取り入ろうとするだろう。

そのたびにハルがこっそり始末をつけていては、同じようなことを繰り返すだけで意味がないのだ。

——だから由姫には立ち向かう勇気と、俺にすべてをさらけ出して一緒に生きる覚悟を持ってほしかったんだ。

その瞬間が、昨日やっとおとずれたのだ。

『――ハハッ、ニック、ありがたいけど、今のところは遠慮しておくよ。ありがとう、じゃあ』

ハルは電話を切るとベッドに近づき、再び由姫の顔をのぞきこむ。

穏やかなこの寝顔を守りたい。彼女にはいつも笑顔でいてほしい。

「俺が由姫を……しあわせにしてみせる」

彼女の前髪をかき上げて、汗ばんだ額にキスをした。

想いが溢れて止まらない。彼女の部屋で一つになれたその喜びで胸が震え、泣きたいような気持ちになる。

「好き……由姫、大好きだ」

布団の中に滑りこむと、彼女をそっと抱きしめた。

――ダメだ、じっとしていられない。触れたくてたまらない。

今度は薄く開いた唇に口づける。その甘さに悶絶し、自分のムスコがグンと勃ち上がるのがわかった。

自分でも懲(こ)りないな……と思うけれど、由姫を見ただけで反応してしまうのだから、しょうがない。

細い腰を引き寄せ、彼女の恥骨に漲(みなぎ)りを押しつける。

ゆるゆると腰を動かしていると、由姫の口から「ん……っ」と鼻にかかった可愛(かわい)らしい声が漏れた。興奮して、さらに腰の動きを速める。

「はぁ……っ、俺、しあわせの絶頂かも」

目を閉じて恍惚（こうこつ）の表情を浮かべていると、突然「今がピークなの？」と問いかけられる。

――えっ？

ギョッとして目を見開くと、ハルを凝視している由姫の瞳があった。

「うわっ、あっ、これは……」

慌てて動きを止めて言い訳を考えるも、咄嗟（とっさ）のことで何も浮かばない。

「……ごめんなさい」

と小声で謝るのが精一杯だった。

そんなハルに由姫がふふっと笑ってキスをする。

「ハル、私もしあわせよ。でも、今がしあわせのピークだと言うのなら、私がそれを超えさせてあげたい。ハルをもっともっとしあわせにするために、頑張るから……」

「由姫っ！」

由姫が最後まで言い終える前に、その唇を勢いよく塞ぐ。舌を絡め、唾液を混ぜ合わせて味わうと、彼女の耳元に顔を寄せた。

「由姫、しあわせのピーク……今から一緒に更新して」

そっと囁くと、その意味を理解した由姫がうなずいた。

「やった！」

ハルは勢いよく布団をめくり、裸の胸にむしゃぶりつく。

「キャアっ！」

「ふはっ、俺、ピーク更新を全力で頑張る」

鷲掴（わしづか）んだ胸に舌を這わせていると、頭上から由姫の甘ったるい声が聞こえてきた。

「あっ……私だって、全力で、頑張る……からっ」

そこで理性がショートした。

「由姫っ！　……もう絶対に、逃さない」

ハルが由姫の股間に顔を埋めると、その日は部屋から出ることなく、ひたすらベッドの上で熱い時間をすごしたのだった。

9、ニューヨークのシンデレラ

「由姫、一ヶ月間お疲れ様でした」

十二月二十四日の午後、由姫は『サテライト・トランスレーション』のオフィスで玲子のデスクの前に立っていた。

今朝でハルの通訳が終わりだったため、契約終了の報告と書類提出に来ているのだ。

由姫が千代子と沖上に決別を告げ、ハルをアパートの部屋に招いてからの一週間は、あっという間だった。

ノアと一誠とは別行動となり、ノアは新しいデザインを考えるために京都に移動。一誠は名古屋の実家に向かったらしい。

ハルは一秒たりとも離れたくないと滞在先のホテルに由姫を連れこみ、荷物を取りに行く以外はアパートに戻らせてくれなかった。

最初の二日間はドライブや水族館デートをしたものの、帰国が近づくにつれて甘々が加速し、残りの日々は、ほぼほぼベッドの上で抱き合っていた。

『由姫、俺と一緒にニューヨークに来て。由姫と離れたら俺の心臓が止まってしまう』

『仕事があるからすぐには無理だけど、休みが取れたら必ず会いに行くわ』

『本当に？　約束だよ？』

迷子の仔犬のように瞳を潤ませていたハルを思い出していると、玲子に話しかけられ現実に戻る。

「――それで由姫、パスポートは持ってきた？」

「あっ、はい」

由姫はハンドバッグから赤いパスポートを取り出し玲子に差し出す。

今回ハルの通訳を請け負ったことで、玲子は今後さらに海外セレブからの依頼が増えると見込んでいるらしい。

急な海外出張や同伴も視野に入れてパスポートの期限を確認しておくようにと言われたものの、由姫のパスポートなどとっくの昔に失効している。

眉を吊り上げた玲子にすぐに新しいパスポートを取得しろと叱られて、由姫は慌てて申請窓口に駆けこんだのだった。

玲子はオフィスの隅のコピー機でパスポートの写しを取りながら、由姫を振り向き「ふふっ」

と笑う。

「えっ、なんですか？」

「だって、あなたが憑き物が取れたようにスッキリした顔をしてるから」

自分ではよくわからないが、玲子は由姫の表情から翳りが消えたという。

でも、きっとそのとおりなのだろう。もう二度と暗い過去に戻ることはない。

「由姫……ハルとしあわせにね」

「玲子さん、本当にありがとうございました。ここで働かせてもらったおかげで、彼と会うことができました」

「お礼ならハルに言ってちょうだい。すごい執念であなたを追いかけてきたんだから」

――あれっ？

「私、ハルとの馴れ初めを言いましたっけ？」

プロムで出会った王子様みたいな男の子のことなら、以前チラッと話したことがある。

顧客だったハルと付き合うことになったというのも、ここに来る前に電話で伝えておいた。

けれど、そのプロムの王子様とハルが同一人物だとまでは、まだ言ってなかったはずだ。

戸惑う由姫を尻目に、玲子はウキウキした口調で話しはじめる。

「最初に電話してきたときの彼、すごかったのよ～。由姫のことを根掘り葉掘り聞いてくるから警戒してたら、あなたとの出会いから翌日の待ちぼうけのことまで詳しく話しだしてね。その内容が、あなたから聞いたプロムの話と合致してたから、これは本物だって、すぐにわかった」

「えっ⁉」

キョトンとする由姫を見て、玲子はしてやったりという顔をする。

「彼ね、母親が持っていた雑誌でうちの求人広告に映る由姫を発見したんだって」

その話はハルから聞いていたが、それをどうして玲子が知っているのだろう。

「じつを言うとね」

彼女によると、なんとハルはその直後に『トランス・コーポレーション』に問い合わせの電話をかけていたのだという。

そして玲子から職員の個人情報を教えることはできないと突っぱねられた彼は、由姫との出会いや思いつく特徴をすべて語り、自分は怪しいものではないと証明するために、メールで自分の会社のホームページやパスポート写真まで送ってきた。

これは以前由姫が話していたプロムの王子様に違いないと確信した玲子は、『たしかにうちの会社に由姫という二十六歳の通訳がいるし、彼女はニューヨークへの留学経験もある。しかし連絡先までは教えられない』とだけ答えた。

するとハルは、『今はまだ忙しくてニューヨークを離れるわけにはいかないが、必ず時間を作って日本に行く』と言って電話を切ったのだという。

「――そしたら彼ったら、その半年後にまさかの仕事依頼のメールを送ってきて。一ヶ月間付きっきりだとか、報酬は通常の三倍でとか、自分からの依頼だとバレたら断られるかもしれないから内緒で……とか言い出すから、どれだけ必死なのよって驚いちゃったわよ」

それでもハルの熱意に心を動かされた玲子は、彼に全面的に協力することを決めたのだそうだ。

そしてハルの通訳をする一ヶ月間は、元々由姫のスケジュールを空けてあったのだとも教えてくれた。

「今まで由姫が頑張ってる姿を見てきたからね。私の代わりにあなたを守ってくれる男性が現れて、一安心だわ」

玲子は由姫が伯母の家でどのような扱いを受け、何が起こっていたのかを知らない。

けれど、由姫をバイトで雇う際に友香里(ゆかり)から両親を失っていることや伯母への借金があることを聞かされているし、友香里と二人で由姫のアパートに来たこともあるから、その窮状(きゅうじょう)を察して気にかけてくれていたのだと思う。

だからハルとのことも陰で協力しつつ、何も言わずに見守ってくれていたのだ。

「玲子さんのおかげでもう一度恋をすることができました。感謝しても、感謝しきれない」

涙ぐむ由姫に玲子が、「お礼ならハルに言いなさい、今からお見送りに行くんでしょ」と微笑みかける。

「はい。……あっ、それで、ハルとの契約が終了したので、明日以降の仕事のスケジュールを確認したくて」

「仕事の話はあなたが帰ってきてからゆっくりしましょう。彼が待ってるんでしょ？　よろしく伝えておいてね」

ウインクしながらパスポートを手渡された。

「はい、行ってきます！」

ここで働いていてよかった。これからもバリバリ働いて、玲子さんとこの会社に恩返しをしよう。

そう心に誓いつつ、由姫はオフィスをあとにした。


由姫がビルから外に出ると、ほどなくして目の前に黒いハイヤーが横づけされる。近くの駐車場で待機してくれていたのだ。

出てきたハルに手を引かれ乗りこむと、車は一路、羽田空港へと向かう。

ハルはニューヨークに帰るため、そして由姫は彼を見送るために……。

——寂しいな。

けれどこれは永遠の別れじゃない。

ハルも由姫も、もうあのときのような高校生ではないのだ。今度は自力で会いに行くことができる。

——うん、また仕事を頑張って、お金を貯めてニューヨークに行こう。

そう心の中で誓った。

ハイヤーが停まり、ハルに手を取られて車を降りる。

するとそこはいつもの空港のエントランスではなく、空港に併設されたホテルの前だった。

——あれっ？

「ハル、ここってホテル……」

「違う、今から行くのはこの奥」

ラウンジでお茶でもするつもりなのだろうか、だったら空港内でもよかったのに……と思いながらついていくと、ハルは『ビジネスジェット専用ゲート』という札の掲げられたカウンターで立ち止まり、何やら手続きをはじめている。

——んっ？

「由姫、パスポートは持ってるよね」

「えっ？　あっ、はい」

――んんっ？

そして三十分もしないうちに空港の専用車両に乗せられ……気づいたときにはプライベートジェットの駐輪場に到着していた。

「すごい！　ハルはプライベートジェットで帰るの？」

「アメリカではＢＪって呼ぶけどね。まあ、うちの場合はビジネスというよりは、父さんが母さんと気軽に旅行に行きたくて購入したんだけど」

「購入!?」

自分でもバカみたいだと思うけれど、いちいち大声で反応してしまう。

だってビジネスジェットに乗るだけでも驚きなのに、機体そのものを所持しているなんて、想像を遥かに超えている。

口をあんぐりと開けて機体を見上げている由姫を、さらなる衝撃が襲った。

「これは父さんが所持しているものだから、俺が個人的に使ったことはなかったんだけど……せっかく由姫とニューヨークに行けるんだ、特別なフライトにしたいだろ？」

――えっ？

「ええ〜っ!!　ちょっとハル、何言ってるの!?」

今度こそ自分でも驚くほどの叫び声を上げた。

「行くよ」

「行くって、どこに⁉」

「ふはっ、だからニューヨークだって言ってるだろ」

ハルは言葉を失っている由姫の手を引くと、悠々とタラップを上り、機内に由姫を案内する。

そこには映画を楽しむ大画面やバーカウンターが置かれ、リビングルームをそのまま運んできたかと思うような空間が広がっていた。

——ここはホテルですか⁉

キョロキョロしつつ革張りのシートに座ると、それはフルフラットになるリクライニングチエア。ハルの隣でソワソワしているうちに、フリーランスのＣＡ（キャビンアテンダント）がドリンクのサービスに来てくれる。機内では彼女がすべてのお世話をしてくれるらしい。

ゆったりと足を伸ばしてグラスで炭酸水を飲むころには徐々に由姫も落ち着きを取り戻し、機内食とは思えないようなフランス料理のフルコースに舌鼓を打ちながら、ハルから今回の顛末（てんまつ）を聞かせてもらった。

なんと彼は由姫と付き合うことになった日にはすでにこの計画を思いつき、父親にビジネスジェット使用の許可を得ていたらしい。

『クリスマスを二人ですごしたいから』と玲子に由姫の契約延長を頼んだところ快諾してもらえ、サプライズをしたいというハルのために協力までしてくれたのだという。

「とりあえず一月末までは俺の専属だ。よろしくね、通訳さん」

「えっ、そんなに長く？　しかも通訳って、向こうじゃ必要ないし」

「そんなに……って、俺にとっては短すぎるくらいだよ。けれど由姫に許可ももらわず一年とか言ったら引かれると思ってさ、まずはそれだけにしておいた」

――いやいや、本人の許可もなくニューヨーク行きと五週間もの滞在を決めちゃってるだけでも驚きだから！　それに『まず』ってどういうこと!?

そのうえ彼は、由姫と一緒に日本に行くために仕事の調整をするとまで言っている。

「ごめん、俺、すごく舞い上がってるかも。自分勝手だと思う？　嫌いになった？」

不安げに瞳をのぞかれて、由姫は首を横に振る。

だって、イヤではないし引いてもいない。

恋人が自分と一緒にいるためにここまでしてくれるなんて、感動するに決まっている。

「ハル、ありがとう、しばらくはお別れだと思っていたから、嬉しいサプライズ」

途端にハルがパアッと表情を明るくした。

「……由姫、あのさ、向こうにベッドがあるんだけど……空の上で愛し合いませんか」

小声で聞かれてうなずいて、カーテンの奥で声を殺しながらイチャイチャして。

そうして快適な空の旅を堪能している間に、ビジネスジェットは目的地に到着した。

タラップを踏んで飛行機から降りると、そこはすでにニューヨーク。

日本とは十四時間の時差があるため、今はまだ二十四日の夕方だ。

クリスマスイヴに日本を離れ、クリスマスイヴにニューヨークに着いたということになる。

空港を出ると、黒塗りのリムジンに乗せられた。

何か既視感があると思ったら、プロムの日に乗った車と同じものだ。

「ハル、私、この内装を覚えてるわ、あの日のリムジンじゃない？」

「正解。あれから買い替えてはいるけれど、同じ車種だから」

そんな会話をしている間に車は静かに走りだす。

そして着いた先は……。

――あっ！

ここはナツミのブティックだ。リムジンを降りた途端に店内からナツミが飛び出してきた。

いきなり力強くハグされる。

「ユキ、お久しぶり！　綺麗（きれい）になったわね」

「ナツミさんこそ、ますますお美しく……」

そんな会話をしながら店内に案内され、ハルにニコニコと見送られながら奥のフィッティングルームに連れて行かれた。

そしてあれよあれよというまに着飾られ、気づけば目の前の鏡には、ブルーのドレスを身に纏(まと)った由姫が映っている。

「ナツミさん、これって……」

「フフッ、気づいた？　プロムの日に着たドレスと似てるでしょ？　さすがにもう同じものは売ってないけど、近いものを探したの」

「どうして？」

今日これからプロムに行くわけでもないのに、こんな豪華な格好をしてどうするのだろう。

そう訝(いぶか)しがっていると、ドアをノックしてハルが入ってきた。

彼は身体のラインにフィットしたネイビーブルーのスーツを着ていた。

「えっ、ハルも!?　これから一体……」

驚く由姫の手を取って、ハルはニコニコしながら歩きだす。

「ねえ、ハル、これから舞踏会でもあるの？」

「ハハッ、舞踏会か。当たらずも遠からずというか……」

彼に答えをはぐらかされたまま、再びリムジンに乗せられた。

それからしばらく車は走り続け、閑静な住宅街にある高台で停まる。

外に出た瞬間に、由姫の心臓がトクンと跳ねた。

「えっ、嘘……」

ハルの顔を見上げると、彼は目を細めてコクリとうなずき、由姫をエスコートして歩きだす。

着いた先は、プロムの夜にハルが連れてきてくれた思い出の公園だった。

ハドソン川を挟んだ対岸には、ワンワールドトレードセンターもセントラルパークタワーも、あの日と同じように天高くそびえ建っている。

そのとき急にハルが片膝をつき、胸ポケットからブルーの小箱を取り出した。

パカッと蓋を開けて差し出して、由姫を見上げる。その眼差しは真剣だ。

「由姫、再会したばかりでこんなことを言うなんて、信じてもらえないかもしれないけれど……君を心から愛しています。人生のパートナーになって」

――それって……。

由姫が両手で口元を覆うと、ハルがそのまま言葉を続ける。

「驚いたかもしれないけれど、それでも俺は、ユキとすごした一ヶ月で、前以上に君に夢中になってしまったんだ。離れがたいし、一生一緒にいたいと思っている」

感動しすぎて言葉が出ない。

だってこれは、プロムの夜にハルがくれた言葉をそのまま使ったプロポーズ。

由姫が何度も何度も思い出していたその言葉を、彼もちゃんと覚えていてくれたのだ。

ハルが少し首を傾げて、「イエス？　ノー？」と聞いてきた。

由姫が涙を浮かべながら「イエス」とうなずくと、彼は由姫の左手の薬指に指輪をはめて、「やったー！」と立ち上がる。

そのまま由姫を脇から抱え上げて、その場でクルクルと回りだした。

途端に周囲から『Congratulations!』、『Merry Christmas!』という歓声と拍手が沸き起こる。

——あっ！

そうだった。ここは公共の公園。すっかり二人の世界に入りこんでいたけれど、ほかにもたくさん人がいたのだ。

「ちょっ、ハル、みんなが見てる！」

「ハハッ、いいじゃない、二人で舞踏会だ」

「もっ、もう！」

ハルはそのままあと二周してからようやく由姫を下ろし、おでこをコツンと合わせて囁く。

「明日のクリスマスは家族全員が揃うんだ。その場に由姫を連れて行きたい。一緒に来てくれる？」

「よろこんで」

「でもまずはその前に……聖なる夜に俺のシンデレラをたっぷり愛でさせてほしい。いい？」

「そんなの、いいに決まってっ……んっ！」

ハルがキスをした途端、再び周囲からピューッという口笛や歓声が聞こえてくる。

けれど熱のこもった口づけを重ねるうちに、思考が蕩けて聞こえなくなって……二人きりの世界になった。

甘い吐息を漏らしながらそっと目を開けると、そこにはそれ以上に甘い王子様の笑顔。

肩を抱かれて見渡せば、そこにはマンハッタンの夜景がキラキラと輝いていた。

あとがき

こんにちは、田沢（たざわ）みんです。このたびは私のルネッタブックス様デビュー作であり初書き下ろし作品でもあるこの本を手に取っていただき、どうもありがとうございました。

とにかくキラッキラの王道シンデレラストーリーを書きたい！　この物語はそんな作者の切なる願いから生まれました。

編集様に素案を提出したときの私は脳内がシンデレラモードになっていたので、『お願いだからシンデレラを選んで〜！』、『キラキラを書かせて〜！』と呪文のように唱えておりました。結果本当にこれを選んでいただけたときは、思わずガッツポーズをしたのを覚えています。

なので今回のお話のテーマはズバリ『シンデレラストーリー』。

世間一般のイメージでは、ドアマットヒロインがスパダリの手によってしあわせになるお話……というところでしょうか。しかしこのお話は、ただのヒロイン救済ものではありません。なにせ私が書きたかったのは『キラッキラ』なお話なので。

そこで、ニューヨークのスクールカースト、プロムにマンハッタンの夜景、モデル、意地悪な継母ならぬ伯母……と様々なピースを組み合わせて、私ならではの『現代版キラッキラシンデレラストーリー』を生み出すことにしました。

ヒロインが逆境に立ち向かう姿に読者の皆様が共感し、そして一緒にキラッキラを感じていただければ幸いです。

表紙イラストは、なんと憧れの三廼先生！　編集様からお名前を聞いたときには飛び上がって喜びました。表紙のハルと由姫は美しいだけでなく愛する気持ちがダダ漏れで最高です！

そして今回お声がけ下さったルネッタの編集様には感謝しかありません。『えっ、プロットって？』状態から根気よく指導していただきました。しかも一周年フェアのラインナップにも加えてしまうって、チャレンジャーすぎないですか？

なので私はルネッタ編集様のことを密かに『チャレンジャー編集様』と呼んでいます。チャレンジャー編集様、今回チャレンジして下さってどうもありがとうございました。これからもよろしくお願いいたします。

そしてこの本を出版するにあたりご協力くださったすべての皆様と、読者の皆様に心よりお礼申し上げます。

また次回作でもお会いできることを祈って。

田沢みん拝

ルネッタブックスでは大人の女性のための恋愛小説を募集しております。
優秀な作品は当社より文庫として刊行いたします。
また、将来性のある方には編集者が担当につき、個別に指導いたします。

小説募集

・男女の恋愛を描いたオリジナルロマンス小説（二次創作は不可）。
商業未発表であれば、同人誌・Web上で発表済みの作品でも応募可能です。

応募要項

パソコンもしくはワープロ機器を使用した原稿に限ります。原稿はＡ４判の用紙を横にして、縦書きで40字×34行で110枚～130枚。用紙の１枚目に以下の項目を記入してください。用紙の２枚目に800字程度のあらすじを付けてください。プリントアウトした作品原稿には必ず通し番号を入れ、 右上をクリップなどで綴じてください。商業誌経験のある方は見本誌をお送りいただけるとわかりやすいです。

注意事項

応募方法は必ず印刷されたものをお送りください。
CD-Rなどのデータのみの応募はお断りいたします。

イラスト募集

・ルネッタブックスではイラストレーターを随時募集しております。
発行予定の作品のイメージに合う方にはイラストをご依頼いたします。

応募要項

イラストをデータでお送りください（人物、背景など。ラブシーンが描かれているとわかりやすいです。印刷を目的としたカラーデータ、モノクロデータの両方をお送りください）

漫画家募集

・ルネッタコミックスでは漫画家を随時募集しております。
ルネッタブックスで刊行している小説を原作とした漫画制作が基本ですが、オリジナル作成の制作をお願いすることもあります。性描写を含む作品となります。ネーム原作ができる方、作画家も同時募集中です。

応募要項

原稿をデータでお送りください（人物、背景など。ラブシーンが描かれているとわかりやすいです。印刷を目的としたカラーデータ、モノクロデータの両方あるとわかりやすいです）。オリジナル作品（新作・過去作どちらでも可。また他社様への投稿作品のコピーなども可能です）、同人誌（二次創作可）のどちらでもかまいません。ネームでのご応募も受け付けております。

★応募共通情報★

応募資格

年齢性別プロアマ問いません。

応募要項

小説・イラスト・漫画をお送りいただく際に下記を併せてお知らせください。
①作品名（ふりがな・イラストの方はなければ省略）／②作家名（ふりがな）
③本名（ふりがな）／④年齢職業／⑤連絡先（郵便番号・住所・電話番号）
⑥メールアドレス／⑦イラスト、漫画の方は制作環境（使用ソフトなど）
⑧略歴（他紙応募歴等）／⑨サイトURL（pixivでも可・なければ省略）

応募先

〒100-0004
東京都千代田区大手町1-5-1　大手町ファーストスクエア
イーストタワー19F　株式会社ハーパーコリンズ・ジャパン
「ルネッタブックス作品募集」係
E-Mall/ **lunetta@harpercollins.co.jp**　ご質問・応募はこちらまで。

注意事項

お送りいただいた原稿は返却いたしません。あらかじめご了承ください。
採用された方のみ担当者よりご連絡いたします。
選考経過・審査結果についてのお問い合わせには応じられませんのでご了承ください。

ルネッタⓁブックス

溺愛シンデレラ
極上御曹司に見初められました

2021年11月25日　第１刷発行 定価はカバーに表示してあります

著　者　田沢みん　
発行人　鈴木幸辰
発行所　株式会社ハーパーコリンズ・ジャパン
東京都千代田区大手町 1-5-1
03-6269-2883（営業部）
0570-008091　（読者サービス係）
印刷・製本　中央精版印刷株式会社

Printed in Japan
ISBN978-4-596-01741-3